葉書で ドナルド・エヴァンズに

hiraide takashi
平出 隆

講談社

文芸文庫

目次

葉書でドナルド・エヴァンズに

Dear Charles and Dorothy Evans,

You may be surprised to receive a letter from a perfect stranger. I am a Japanese poet and staying at the University of Iowa as a visiting writer until the end of November.

I hope you will be pleased to learn that I am writing a book about the artworks of your son, Donald Evans.

If possible, I would like to visit Morristown on December 10th to see where he played and the places he loved during his childhood.

Would you be willing to meet with me to tell me something about this? I await your kind reply. I would appreciate it if you would let me know your telephone number.

Sincerely,

Takashi Hiraide

I

1985年11月25日　アイオワシティ

親愛なるドナルド・エヴァンズ、

あなたのご両親に宛てたぼくの手紙は、アイオワシティの郵便局の窓口で鄭重に拒まれました。腕に錨の刺青をした親切な局員がいうには、モリスタウンはアイオワシティよりずっと大きな町なのに、この手紙は宛先がとても不充分で、だから間違いなく送り返されてきて大変な額の手数料を請求される、とのことでした。その前に、町の図書館に行きニュージャージー州の電話帳を調べたのでしたが、ご両親のお名前は見つかりませんでした。

しかし考えてみると、「ドナルド・エヴァンズがどこにいないか」について、ぼくが知らないで来たわけではありません。手許には、可憐な魔法を秘めた切手が、たとえ複製にしろたくさん並んでいて、あなたの残したそれらの図柄が、あなたのいまいるところを教えてくれます。お蔭で返送手数料の心配なしにお便りできるのを、いまは嬉しく思っている次第です。

10

１９８５年11月26日　アイオワシティ

ぼくがはじめてあなたの切手を見たのは、昨年の初夏、東京の海岸地区にある静かな倉庫風のギャラリーでした。ゆったりとした白い空間の隅に置かれたショーケースには、消しゴムを細工した手彫りのスタンプが、いくつか収められていました。

いまぼくは、三カ月間のアイオワでの滞在を終えたところです。日本という弓のかたちの島国から放たれたのが八月の終り、とうもろこし畑に囲まれた大陸の真中の土地で、各国からやって来た作家や詩人たちと、ドミトリーのひとつの階に暮しました。あの島からは見えなかった世界が少しは見えてきた、というところで、もう出発というわけです。

ぼくたちの日々には、それぞれの国からそれぞれの人へ送られた郵便物がかさなりあい、剝がされた切手がさかんに交換されたものです。おたがいの国の切手が見え、おたがいの国の風景が見える。見慣れぬ風物の図案と、発音しづらそうな文字の綴りが見えました。しかしぼくは、友人たちの国々の切手が欲しいという気にならなかった。たぶん、あなたのせいです、ドナルド・エヴァンズ。

1985年11月28日　アイオワシティ

手紙や葉書が届くということは恐るべきことです。そうではありませんか。郵便ポストや電話の受話器がのぞかせる闇の空洞は、久しくぼくの恐れてきたものです。

ここでの日々には、毎日のようになんらかの便りが、海を越えて訪れてくれましたが、それらを、おののきとともに読みはじめなかったことはありません。差出人とのあいだに、いったいどのような距離があるのか分らない、と思うからです。しかもそれは、差出人がだれであるかにかかわらないおののきなのです。だからすぐに消えてしまい、いつまでも正体を明かしてはくれないおののきなのです。

電話回線を切るための電話をかけ、ケーブル・テレビや銀行口座を解約したりして、三カ月の生活で必要だったものが書割りを解くように壊されていきます。そして今日は感謝祭で、当地の教授のお宅に招かれ、食卓でお祈りを捧げ、七面鳥を食べ、少し飲み、少し喋りました。これらはぼくの習慣ではないので、ぼくはおとなしく従いました。

あなたはこんなとき、どんなふうに「感謝」を捧げる子だったのでしょうか。あしたはさよならパーティーです。

1985年11月29日　アイオワシティ

モリスタウンに行けばなにかが分る、と思っているわけではありません。ただ行ってみたい、というだけです。ほんの少しばかりの失望が欲しいのでしょう。

今日は雪の中を郵便局へ行き、これからはじまる旅に不要なものを小包にして、たくさん東京へ送り返しました。そして、surface mail ということばが好きになりました。それは海と陸とをへだてないから。すべての場所はひとつづき、といっているから。

けれど、アクテルデイクには行けるだろうか。それは一九七二年、あなたがはじめて渡り住んだオランダの土地の名称、そしてまた、最初に覚えたオランダ語でもあると聞いています。でも、あなたのつくった国 Achterdijk は、オランダのどこにもない。かといって、まったく架空の国というのでもない。

あなたはそうやっていつも、触れあった土地を微妙に離陸させる。そしてその場所は空の高みへ昇ることはしないで、実際の土地の空気や草や水路のあいだに、奇妙に親密なしかたでまぎれていくのです。モリスタウンに生れた、あなた自身のように。

TRIOMPHE DE VIENNE

1985年12月1日　シカゴ行の臨時バスにて

ひどい雪嵐です。シダーラピッズ空港に着くまでにそこここで、滑ってひっくり返った自動車と立ちつくしている人たちを見捨ててきました。やっと着いたと思ったら、飛行機はすべて欠航。それでもなんとか臨時バスを出してもらって、決死の、というのがあまり大袈裟でもないシカゴ行きを敢行中で、いままさにそのバスに揺られているところです。今朝はあまりに心のこもったさよならをいくつも交わしてきたので、空港から引き返すことはできなかった。

最前席に坐り、視界が十メートルとない白い高速道路を見ています。雪は斜めの暴風によって路面に叩きつけられますが、空気が燥ききっているのですぐにまた宙へ舞いあがります。車線が消えたせいで、一、二度、先を行くジープと接触しました。両方の車が停り、向うの運転手がバスの乗車口までやって来て怒鳴ったけれど、立っていられないほどの吹雪で喧嘩にならなかった。

老練で逞しげなバスの運転手の、鼻毛にいくつもの雪片がついているのが見える。ぼくたち乗客はこの人にすべてをまかせきって、ふしぎに安らかな一体感のうちに揺られていきます。外部の見えない真白な揺籃。

１９８５年12月3日　ボストン

ハーヴァード大学に留学中の二人の中国青年から、下宿で手料理をごちそうになりました。彼らとぼくは英語で話をしますが、中華料理を食べる箸をとめて、漢字を書きつけながら話をすることもできます。一人は、彼がつくった詩を見せてくれた。発音や文法はちがいますが、文字を見つめているとと理解できるのがふしぎでした。

ぼくはあなたが切手に描いた漢字「宋定」や「宋鼎」、あるいは「一」「二」「三」、そのほかの漢数字の表情がとても好きです。筆蹟というものは、きっと、言語や文字の種類をこえてなにかを表わしていくのでしょう。

アメリカ大陸の東岸に辿りついて、大西洋の幸を食べたりしてみると、波立つようなこの視野にも、あなたのつくった世界の影が浮んできます。あなたの国々のほとんどは、大西洋のめぐりに散在していると思うからです。数少ない例外である Sung-Ting の国の、さらに東に浮んでいる日本のことを、あなたはどんなふうに見ていたのでしょうか。

1985年12月9日　ニューヨーク

ボストンからシラキュース、ユティカを通って、おとといの夕方、ニューヨークに着きました。クーパースタウンでは小さな古物屋で、摩り減った黒いドミノを買いました。宿に帰って並べてみると、数枚欠けていることが分りました。

今日の午過ぎ、西二十二丁目の詩人ジョン・アシュベリー氏を訪れ、一時間ほど話をすることができました。日本の古い文芸様式のひとつである「俳文」のことから、壁に掛かっていた広重の版画をめぐり、さらに現代美術の評論の話になったところで、ひょっとして、と思いつき、あなたの話を出してみました。パーティーで見掛けたことがある、美男で、魅力的で、といっていました。「残念ながら作品についてはよく知らないので」と批評は避けましたが、とても親切なことに、その場から何本か電話をかけて、あなたの親友だったウィリアム・カッツという人の住所と電話番号を探し出してくださいました。

ぼくは、英訳されたばかりの詩集の抄訳を渡しました。全体は百十一の断章からなる詩集です。アシュベリー氏もまた、百十一の断章をもつ本を書いたことがあるとのことでした。

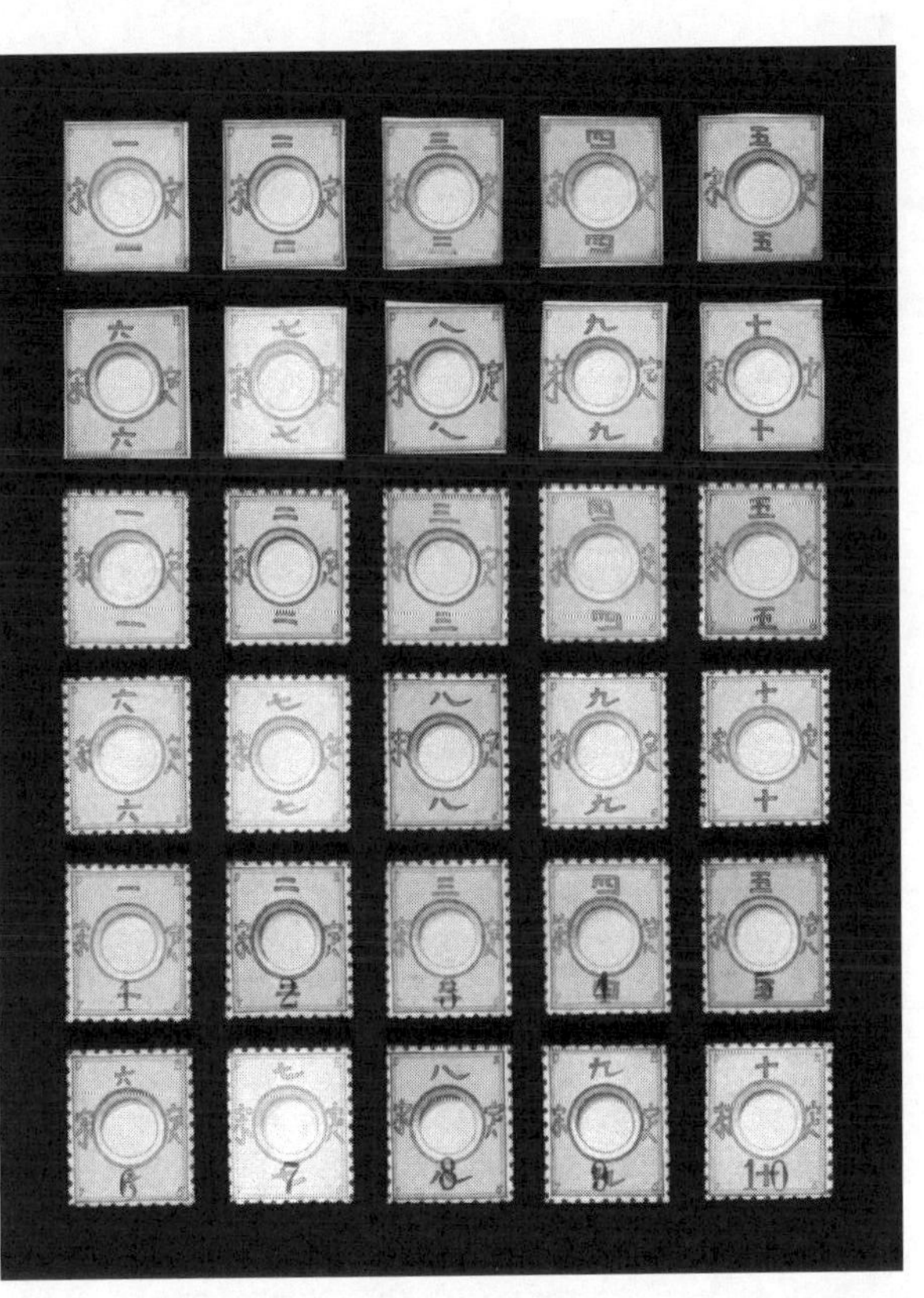

1985年12月10日　モリスタウン行のバスにて

朝八時三十分、モリスタウン行のバスがペンシルヴェニア駅を出発する間際に、ようやくウィリアム・カッツ氏への公衆電話が通じました。あなたのお父さんは数年前に亡くなられ、お母さんもすでにモリスタウンを離れ、サウスカロライナ州のマートルビーチに移られたとのことでした。しかし、モリスタウンには従姉の方がいて、あなたの思い出や作品をしまっていることなども教えてもらえました。ジョーンというひとのことです。

受話器をおくとすぐに、ジョーンへ電話を入れました。十二時に彼女と、モリスタウンのホテルのロビーで会うことになりました。こうやってあなたの知り合いに近づいていくことが、かえって非現実的なことに思えています。

ニューヨークから遠ざかるバスの窓では、冬の緑が、だんだん表情を柔らかくしていきます。

１９８５年12月10日　モリスタウン

ジョーンはとても親切で、いまは亡い従弟についてたくさんのことを話してくれました。彼女は自分で車を走らせて、まずあなたの通った高校へ、それから小学校へとぼくを案内しました。そこからさらに緑の一帯を駆け抜け、マウント・ケンブル湖のほとりの、あなたの育った家にも。そのまわりでは、すべての風景が均斉をもって、きららかな光を浴びていました。

ほとりに立って湖を眺めてから、ふり返ってゆっくりと、家の方へ歩いてみました。遊びを切りあげて家に入る子供の姿を思いながら。裏庭には桜、門前には日本楓のある家には、もう別の家族が暮しています。

楓の葉を一枚、切手をシートからちぎるようにちぎって、ノートに挟んだ。

美しく穏やかにみえるこの一帯を、少年のあなたは、プチブル的で人種差別にみちているとして、とても嫌ったと聞きました。「白人だけの学校へ入学させられそうになったのをきっぱり拒んで、ユダヤ人も黒人もいる高校をえらんだのよ」とジョーンはいいました。

1985年12月10日　モリスタウン

ジョーンは、たくさんの興味ぶかい話をしながら、ぼくを彼女の家に連れて行ってくれました。そこにははじめて見る作品のいくつかと、あなたのスナップ写真が数葉。写真はどれも、画集で見ていた一枚とはまったくちがうあなたを示していました。とくに、マンハッタンのどこかの建物の屋上で撮られたというものは、こちらをじっと見つめていました。

一九四五年のあなたの誕生から、一九七七年のあなたの死までにかんする情報が、頭の中で一挙にふくれあがって、今夜はなかなか寝つけそうにない。

いま、このホテルの部屋へ、ニューヨークのウィリアム・カッツ氏から成果を尋ねる電話が入ったところです。あなたへの思いの深さを感じました。彼に会うためにぼくは、近いうちにマンハッタンに戻ることになるでしょう。

１９８５年12月11日　フィラデルフィア

あっという間に、というのも変だが、とにかく時の過ぎゆきを自分の歩みで具象化したように、モリスタウンを離れました。そこはぼくにとっても、とり返せない幼年時代になったかのようです。

汽車でニューアークへ、そこで乗り換えてさらにフィラデルフィアへ来ています。

昨夜、この奇妙な突然の訪問者を車でホテルへと送り届けながら、「だめよ」と最初は笑っていたジョーンが、咳ばらいをひとつしてから、その歌をやっと歌ってくれました。子供だったあなたが、身振りとともに歌っていたという歌です。

――ぼくは茶瓶、ちっちゃくて太っちょの茶瓶。ほらこれがぼくの手、これが足だよ、倒してごらん、水を注ぐよ。

この歌はアメリカの子供たちに広く歌われているものなのですか。ぼくにはどうにも、あなたのつくった国のひとつ、Nadorp あたりの童謡に聞えてしまうのでした。

1985年12月12日　フィラデルフィア

それからジョーンは、あなたが飼っていたというブル・テリア犬の話もしました。乱暴な自動車が、小さなドナルドをはねそうな勢いで近づいてきました。そのとき、少し離れていて気づいたお母さんが、とっさに犬の名を呼びました。白黒まだらのブル・テリアは、身を翻し、猛然とした体当りであなたを反対側へ倒し、そして事故は起らなかった。

茶瓶も犬も、あなたが倒される話、倒されて少し、まわりへ幸運を恵む話です。あなたの幼年の地を通過するうちに、ぼくもなにか、幸運を恵まれつつあるような気がしました。ぼくはまた、自分があなたの最後の年齢をとうにこえてしまっていることにも気づきました。火につつまれたその死は、もう八年も前のことです。

NADORP 2 BUIS POST
NADORP 5 BUIS POST

1985年12月13日　ワシントン行の列車にて

あなたが描いた四千枚の切手、それを描くことでつくられていった空想の四十二の国々と、その気候、風物、通貨、言語、そして人々。あなたはそれらを、充分に秩序立てて描いたばかりではなく、あなたにとっての唯一の書物ともいうべき『世界のカタログ』の中に、それらの発行にかんする詳細なデータを付して、封じ込めていった。あなたが描くたびに、その書物はふくらみ、ひとたびあなたが描かなくなると、増殖と飽和の果てで中断された書物は、かえって、世界という吹き曝しの地平をひろげてみせるようです。

ドナルド・エヴァンズ、あなたの幼年の地は通過しても、ぼくはまだ、あなたの生涯をかけた作品の気圏を通過してはいない。それは完全な空想の世界というよりも、この世界の皮膜という皮膜、縁りという縁りに寄り添った世界であるようにみえます。つまり、世界の不完全性そのものが生み出した世界であるように。

ドナルド・エヴァンズ、ぼくは葉書のかたちの中に断片化し、破片化していくぼくの言葉を飛び石のように伝って、その気圏へ、強引に突き入っていこうとするのでしょうか。

1985年12月14日　ワシントン

昨日、アムトラックに乗って、ワシントンDCに着きました。デュポンサークルに近いゲストハウスに腰を落ち着けたところです。

ワシントンの地下鉄は恐ろしく清潔で、ニューヨークと比べてみようという気も起らないほどです。彗星のように銀色に光りながら暗い軌道をめぐっていく車輛を見ていて、世界のひとつの中心地の地底がこんなにも静粛な宇宙になっていることに驚きました。車内放送の男の声も無機的な低音で、未来的といっていいくらいです。

ぼくはここに、二週間ほどいる予定です。今日は議会図書館に行きました。あなたについて調べたいことがあって、蔵書数で世界最大というこの図書館へ、これからちょっと通いつめることになるでしょう。

1985年12月15日　ワシントン

はじめて渡ったアムステルダムで、街路にあなたが見つけたという写真のことですが。

黒い服に身をつつんだ白髪の老婦人の肖像写真を、ふと道端で拾って、あるいは路上の店先で手にして、かつて感じたことのない衝撃を感じた、と、そうジョーンに語ったことがあるそうですね。見も知らぬその老婦人を、前生のお母さんではないかと、あなたは直感したといいます。

以後、札入れに入れていつも携帯していたのだと聞きました。ジョーンに一度、そっとそれを見せましたね。彼女はその黒い印象を憶えていました。写真を手にしてからあと、アムステルダムはあなたにとって特別の土地になった。その肖像写真はいま、どこにあるのでしょうか。

1985年12月18日　ワシントン

ジョーンがいうには、お母さんはいまも、サウスカロライナ州のマートルビーチに暮していらっしゃるとのこと。

「モリスタウンは坂が多くて、足を滑らせやすいの。それで、もっと暖かくてもっと平らな土地を求めて引越していったのよ。ドロシー・エヴァンズは蟹座の生れで、水のそばが大好き。そして八十四歳のいまも、マートルビーチの水にカヌーを浮べている。」

それから、こんなことも。ドロシーは看護婦をしていて、結婚が遅かった。子供が欲しくてならなかった彼女は、まだフィアンセだったころのチャールズ・エヴァンズの子種を、しっかりと検査させました。それでも、結婚してからは、ドロシーは流産をくり返しました。四十三歳でやっとできた子が、ドナルド・エヴァンズです。

「生れて一カ月は、だれにも見せないで育てたの。わたしと弟たちが我慢できずに見に行くと、ドロシーといったら、外套は着たままでね、って。わたしたちをもう一度庭へ追い出して、居間の見晴し窓のところへまわらせたのよ。ハーイ、ハローって、はじめての挨拶をガラス越しに送ったものだわ。」

1985年12月19日　ワシントン

ドナルド・エヴァンズ、
水の上にカヌーが浮んでいる。その上に老婦人の黒い影が。

彼女はふたつの火事を思い出す。

妊娠していたころに遭った列車事故で、蒸気とともに噴きあがった火。あのときは死んでいく人々のあいだを逃げて、逃げて、やっとの思いで逃げのびたとき、特別な子供が生れる、という予感がした。

もうひとつの火事。もうひとつは、息子の友人だった織物師のアパートの部屋から立ちあがった火。それはたちまち煙をあげて、三十一歳の息子をつつんだ。

マートルビーチへ、その水の上へ、お母さんに会いに行くことを考えている。馬鹿げているとお思いでしょうか。アムトラックの時刻表を眺めています。

1985年12月20日　ニューヨーク行の列車にて

ジョーンが語ったあなたの肖像を書き留めておきます。

身長五フィート十インチ。目はブルー。幼いころまでは金色で、青年になるにつれてだんだんと茶色になった髪。英国風のハンサム。

静かで、まじめで、声は柔らかく、会話のときはじっと相手の目を見つめながら、あなただけに話しかけているのですよ、という眼差しで話す。

この素描に不服があれば、伺いたいところです。

今日明日とニューヨークに泊って、それからまたワシントンに戻ります。

1985年12月21日　ニューヨーク

あなたの親友に会いました、ビルことウィリアム・カッツ氏です。雪の晴れ間の午後一時にソーホーの彼の家を訪ねると、遅れてウィリー・アイゼンハート氏も来ました。あなたについて、ぼくたちはたくさんの話をしました。いや、ビルとウィリーがステレオのようになって話すのを、ぼくは息を呑みながら聞いていました。彼らはぼくに、あなたの遺したもの——作品をいくつかと、あの『世界のカタログ』を見せてくれました。それに、図案のためのデッサン帖、図版を参考にしたというニューヨーク農事試験場刊行の部厚い本『ニューヨークのりんご』や『ニューヨークの梨』なども、次々と。

手渡されてとくに神妙になったものは手帖です。小さな黒い革張りの手帖には、作品で見知っているあなたの独特の美しい筆蹟で、びっしりと友人たちのアドレスが書かれていました。描かれた四千枚の空想の切手と、消火の水でところどころインクの滲んだ現実のアドレスの数々とは、どんなふうに釣り合っているのでしょうか。ぼくは、アドレス帳にぼくの名前がないことを確かめました。

1985年12月21日　ニューヨーク

ぼくは彼らに、ぼくが書こうとしている本のプランを話しました。それは、少しずつ土地と日付を変えながら、葉書でドナルド・エヴァンズに、短い日記を送りつづける、というものです。葉書にはもちろん、あなたの切手が貼られることでしょう。

ビルは「素敵なプランだ」といってくれ、「なぜなら」とつづけました。「なぜなら、ドナルドもまた、こんな童話を構想していたからだよ。ある国の女王が世界旅行に出掛ける。そして、見聞した国々の景物について旅先から、ゴプシェという名の留守番の犬に宛てて葉書を書き送るんだよ。女王の名と女王の国の名はおんなじで、Ytekeという。旅する先も、ドナルドの切手の国々さ。」

ウィリーはビルと対照的に、東方から闖入してきたこの完全な異邦人に対して、ドナルド・エヴァンズの国々を旅する資格があるかを見定めようとするかのように辛辣だった。だから彼がこういってくれたとき、ぼくはほっと息をついたものだった。「マートルビーチのお母さんには、会っておいたほうがいい。彼女はもう八十四歳、そしてだれよりもドナルドを愛した人だからね。」

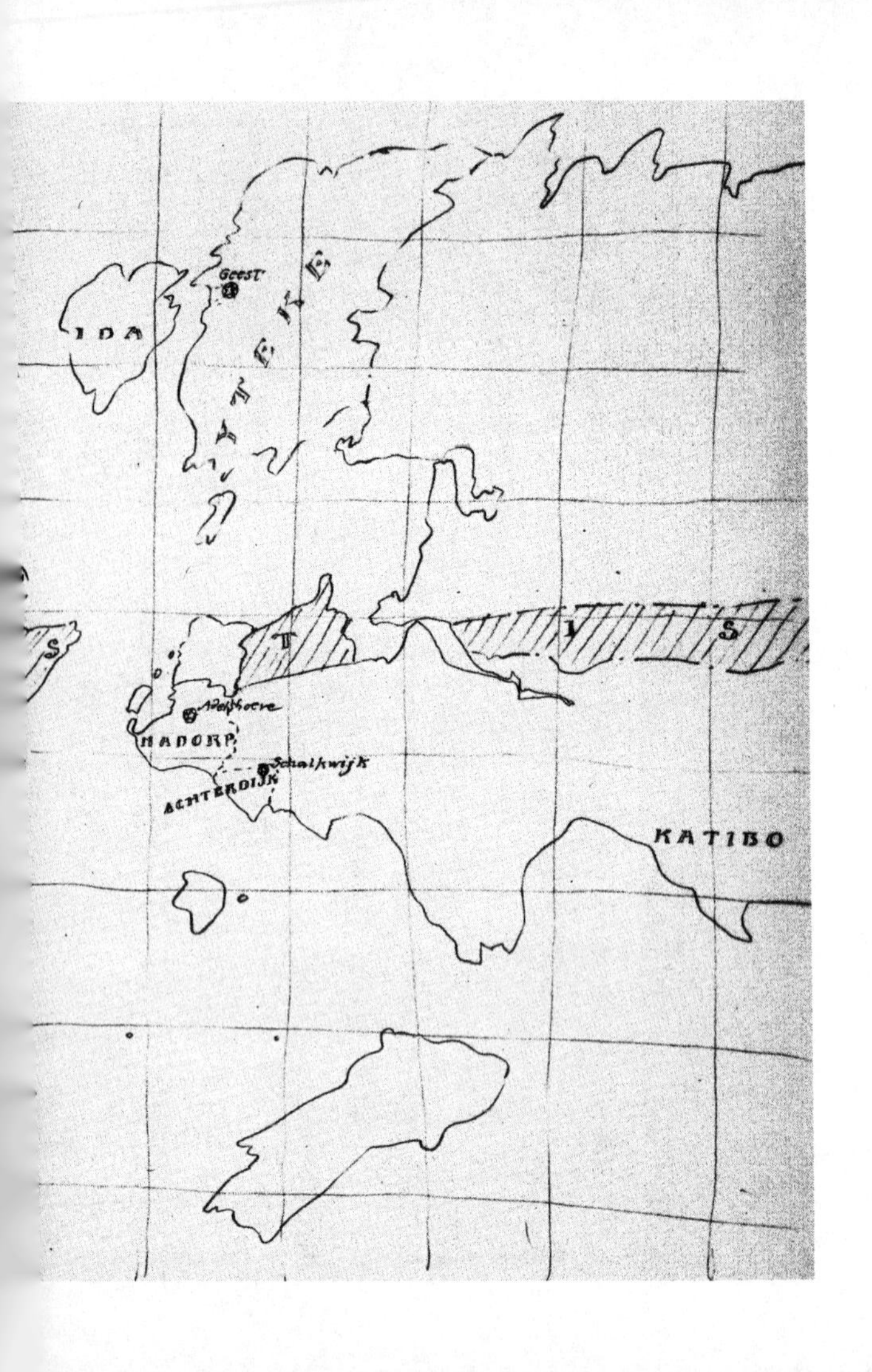
IDA
Geest
HADORP
Schalkwijk
ACHTERDIJK
KATIBO

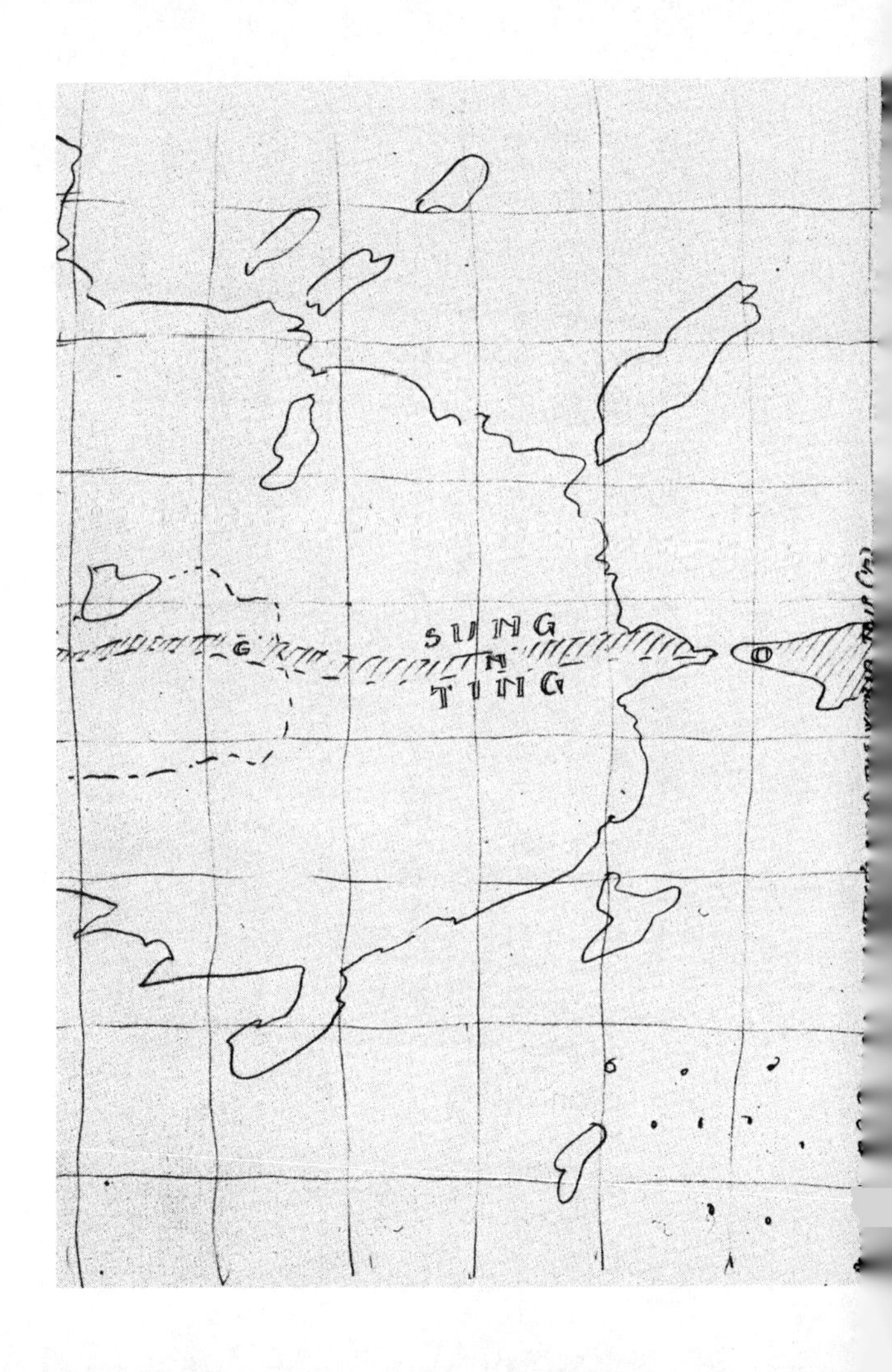
SUNG
TING
G
O

１９８５年12月23日　ボルティモア

ビルもウィリーも、アムステルダムで拾った写真のことは知らなかった。あなたのことならなんでも大切に記憶している彼らなのに、そのゆくえどころか、存在さえ知らなかった。あなたが倒れたとき、お尻のポケットに入っていたのは友人たちのアドレスでいっぱいの、小さな革張りの手帖でした。じゃあ、札入れはどこに行ったのだろう。黒い身なりの白髪の老女を、あなたにとっての唯一の架空の母を、あなたは片時も手離したはずがない。

火につつまれたけれど、あなたは焼けなかった。煤が頬を汚し、煙が服に沁みこんだだけでした。あなたは窒息したのです。

お母さんだろうか。飛行機でアムステルダムに駆けつけて、前歯のほんの少しの欠けから間違いなく息子だと確かめたあと、古ぼけた写真を手にとったのは。お母さんが、あなたの「前生の母」の肖像と一緒に、水辺にいまも暮しているのだろうか。マートルビーチへ行ってみたいと思う。アムトラックの時刻表を眺めている。

1985年12月25日　ワシントン

ワシントンにいるあいだに、マートルビーチのお母さんを訪ねたいと思っていました。けれども、年末の人の動きのせいで切符がどうにも手に入らないのです。大晦日にはここを発って、ニューオリンズへ行かなくてはいけない。ぼくの旅は外国人向けの期限つきパスをつかった鉄道の安旅と決められています。しかも東京にたくさん仕事を残していて、戻らなくてはならない日も決っています。予定の方角を変えて、マートルビーチに行くのはむつかしい。

今日は身を切り裂くような風だった。クリスマスでお店もぜんぶ閉まっているのに、物好きにも、間引き運転の地下鉄に乗って中心街に出ました。明るくて、冷たくて、無人の、殺伐とした首府のストリートは、長く立っていられないほど、凶暴な風と新聞紙と塵埃が吹き荒れていました。

1985年12月27日　ワシントン

議会図書館に行って、あなたの声をもらってきました。「パリ・レヴュー」誌のインタヴューをコピーしたのです。そのほかにも、あなたに対するいろんな批評や記事を手に入れてきました。なんでもあるというのは恐ろしいことですね。検索用の黒光りするおびただしい抽斗のひとつに、あなたの名が題目としてカタログ化されている光景というのも、ふしぎな印象を与えるものでした。あなたの作品そのものが、ありそうでありえぬ世界のさまざまな事象への、一種の検索でもあるのですから。

六歳のときはじめた切手蒐集から、世界中の国々の首都をあなたは覚えた。ハワイやハイチなどの島々の、歴代の統治者、その変てこな名前の一列も、あなたは片っ端から覚えていった。このへんは、ぼくの少年時代ともそんなに変らないかもしれません。

でも十歳になると、あなたは切手をつくりはじめる。もしくは、発行しはじめる。

1985年12月28日　アレクサンドリア

ドナルド・エヴァンズ、

歩けば歩くほど、あなたがあなたの国のことをどう思っていたのかということが、よく分らなくなります。今日はポトマック川を渡ってアレクサンドリアに来ている。植民地時代に栄えた貿易港の、ヨーロッパ風の古い街並に立つと、おもちゃかお菓子の国にいるようです。

ステイブラー・レッドベター薬局で、白い気泡をガラス質にためた古い小さな薬壜をひとつ買いました。コルクの栓が押し込まれて、細いのどの途中に詰っているのが面白かったからです。

きのう、「パリ・レヴュー」一九七五年夏季号で目にしたあなたの声は、こうでした。

「さまざまな都市にかんするぼくのヴィジョンは、ほとんどがヨーロッパと王国のファンタジーに基づいている。」

1986年1月1日　ニューオリンズ

ミシシッピーの河口域の、見渡すかぎりの水の上、長い長い単線の鉄橋を列車が渡って、ニューオリンズ駅。

十歳のとき、あなたは切手を蒐めるだけでは飽きたらずに、とうとう自分でそれをつくりはじめました。見知らぬ現実の国々の名にまぎれながらあふれてきた想像上の国々を、よりいっそうリアルにするためでした。想像を実現するために、あなたは絵具だけではなく、命名の力をつかった。名づけるという行為によって組み立てられる、制度をつかった。王立郵便局の窓口から王権の中心まで、あなたの水彩絵具は、架空の制度の長い長い橋を一挙に渡ってしまったようです。小さな神の、戯れの仕事のように。ただし、あなたの仕事にある、子供じみた熱中と浩然とした大人の冷静とを混同しすぎてはいけないし、たがいを引き離してしまってもいけない、とぼくは思うのです。

1986年1月7日　ヒューストン

ぼくの旅行鞄の中からあなたの声が洩れてくる。

「切手はぼくにとって、いわば日記あるいは覚え書のようなものでした。」

「いまいるこの世界よりも好ましいつくりものの世界への、想像の上での旅だったのです。」

　ぼくはいま、ニューオリンズの広大な湿地帯を抜け、巨木も館も一様に鬱蒼と廃れているナッチェズの崖地を経由して、ヒューストンに来ています。日本からもってきた部厚い観光案内書の、いらなくなったページをナイフで切り取って捨てながら旅をしているのです。

　夜遅く、荒くれどもの巣窟のような安ホテルに着きました。すさんだ連中の好奇の眼。ひどく緊張しながら部屋に入ると、枕許のシーツと床の絨緞には、そんなに古くない血が染みついていました。

1986年1月8日　ヒューストン

十歳のとき、ミニアチュアの建築に夢中になったそうですね。モリスタウンのあの小さな湖の岸辺で、あなたは砂の家、砂の町、砂のハイウェイと砂の寺院をつくりました。数日後には壊されているその小さな廃墟に、あなたはもっとうまくもっと精巧に、あたらしい砂の建造物を築きました。

前庭に日本楓の植わっているあの家の中では、卓球台の上に小さな村をつくりました。いま、ヒューストンを離れようとしています。ウルトラ・モダンな摩天楼が並び聳えるディンキー・トイとプラモデルの家と、色を塗ってビルディングにしたボール箱。る、人口百五十万人を超える、アメリカ第五位の大都市。それらは東京の超高層ビルよりもずっと自然に林立していて、だからこそ余計に不気味に見えます。その谷間にカウボーイ・ハットが往き来し、日常茶飯に殺人が起きる。この精巧な、聳え立つ廃墟をつくったのは、どんな手なのか。

1986年1月8日　ヒューストン駅

ドナルド、

どんな小さな旅にも、行き暮れてしまうような地点があると思いませんか。アメリカを五カ月移動する中で、ぼくにとっていまがそうです。ここが、そうです。根がつきそうになり、見えない空隙にはまって、身体も前へ傾いてくれない。

夜行列車でこの街を離れようとして、さっき、ホテルの前でタクシーをつかまえると き、驚いたことがありました。ホテルのボーイもタクシーの運転手も、十分とかからないこの鉄道駅の所在を、まったく知らなかったのです。それは、超高層ビルの群立する中心街ととうてい釣り合わない、小さくて暗い駅です。でも、自分たちの駅を知らなかったのです。

1986年1月9日　サンセット・リミテッド号にて

通過駅のテキサス州エルパソに午後二時四十分に着くはずのところ、二十分も早く着きました。停車時間が四十分間あるので、恐るおそる駅の外へ出た。砂色に燥いた日射しのほかに、なにもありませんでした。その向うのメキシコ国境から、お土産を、それとも買出しの食料や雑貨を、どっさり腕にかかえて人々が帰ってくる。駅舎でこれを書きはじめ、また立ちあがって、冬の暑気のほかなにもない、低くて広いプラットフォームをぶらぶらしました。

葉書はあなたへ投函できないまま、いままた走る列車の中です。それから眠って、五時半頃、ニューメキシコ州ローズバーグの駅でめざめた。アリゾナ州ベンソンにかけて、夕焼け。夜、ツーソンの駅。さらに夜、フェニックスの駅。いつまでも投函できないで、言葉だけ増殖していくような郵便物というものが、あるのかもしれない。

1986年1月12日　ハリウッド

切手の形式とその画面構成というきわめて限られた空間での、あなたの驚くべくも微妙な工夫の数々。そして、それを工夫と感じさせないところにまで、描き手の影を消してしまう工夫。というより、描き手とはここでは、形式上、想像された発行国政府なのであり、ひいては存在するはずのないそこの人々や風土、習慣や言語なのです。

あなたは、一八五二年から一九七三年にわたって発行された切手をつくり出すことができました。つまりは、あなたの生涯の四倍の時間に浸されることができたのです。しかし、あなたはこのことの虚構性に対しても、じつに自然な意識をはたらかせています。たとえば、ご自分の制作原理のひとつにこんなことをあげていますね――「それが、切手らしく見えること。」

あなたの作品をつかってこうしてあなたに架空の便りを書いている者にとっては、よりいっそう自然にひびくことばです。

1986年1月13日　ロサンジェルス駅

要するに、観光ということがつづいています。ユニヴァーサル・スタジオ、サンセット大通り、そしてリトル・トーキョーの鮨屋のアボカド巻という具合にです。冬だというのに、ここの太陽といったらないね。バス停には、裸で刃物を振りまわしてる奴もいます。

さっき、東京の親しい人に葉書を投函した。ポストの黒い口を落ちる紙片の音を聞きながら、東京がどこにあるのか、ぼくにはいっこうに分らないことに気づきました。いったいその都市が同じ地上にあるのか、その人が存在しているのかさえも。

ぼくが感じとることができるのは、ただぼくの感情の小さな水溜り、それを載せる一枚の紙の物質感であり、土地をこえてこれを運んでくれる切手の力、そのほのかな威厳です。見えない約束に裏打ちされた、その無疵な自信です。

1986年1月14日　コースト・スターライト号にて

六歳のときに、近所の大人の人に教えられた切手蒐集。十歳から五年間の、最初の切手づくりの時期。十五歳ではっきり終ったあなたの子供時代に思いをめぐらしていると、もう一人、ということを考えます。チャールズ・フィスクのことを。

いちばんの仲良しだった少年はどこへ行ったのでしょう。ウィリーの本にも、ゆくえまでは書かれていない。切手の蒐集についても、岸辺でのミニアチュアの建築についても、二人はたっぷりと時間をつかって、静かに競いあったのでしょう。彼の切手コレクションはアメリカが中心で、あなたはヨーロッパと植民地のものに夢中になった。

チャールズ・フィスクとあなたは、逆を向きあった双生児のようです。彼は現実から蒐集するのですが、あなたは非現実から蒐集しはじめます。あるとき、彼の切手が学校で盗難に遭いました。そのあとあなたは彼のために、盗難に遭ったことを記念する切手を描き、発行しましたね。なんとあなたらしい、友情の微妙な魔術だろう。

現実における悲しい欠落を、まったく別の世界の、愛らしい出現に変えること。

1986年1月15日　シアトル

雨と森林を夜どおしで抜けて、なお烟るような地帯を列車は進みました。そして、昨夕、シアトルに着きました。この街をとても気に入りました。すごい傾斜の坂を下ってゆくと、冷たく騒ぐ眼の前の海から、霧と風とが一緒くたにこの胸を撫であげ、髪を掻きあげてはすれ違っていく。雨粒は細かく、吹き降りかと思うと、すぐに光の帯が射してきます。

この海の向うに、自分の国がある、とはじめて思いました。シアトルは、ぼくの生れた日本海側の小さな港町にもちょっと似ている。そこの坂に立つと、遠く中国大陸の方を望むことになるのですが。

今日、とてもおかしな観光をしました。地下観覧ツアー。ここは地盤が低いので、ついこのあいだまで、潮が満ちると海へ流した汚水が逆流してきて大変だったそうです。それで、大火をきっかけに道路を建物一階分高くした。いままでの一階は地下になったり、埋められたりしました。そして今日、もう使われていない地下の、かつては地上であった廃屋や廃道に、ある男が解説をつけて、ぼくたちを案内してくれるというわけです。とても変なツアーでした。

1986年1月17日　シアトル駅

蒐集とは、それ自体が秩序への試みであると同時に混乱であり、蒐集家がみずから招いた戦いのごときものではないでしょうか。

日本のある新聞は、あなたの死後の、そしてはじめての東京での展覧会を批評して、「各要素を有機的に結合して秩序だった全体をまとめようとするのではなく、たがいに異なるものをバラバラに置いたまま全体をあらわそうとする現代的な表現志向」を指摘しました。

納得できないわけではありませんが、ぼくにはいま、秩序と呼ばれるものへのあなたの意志の、異様な強さのほうが際立ちます。シェード、目打ち、耳紙、エンタイア、消印、ストックシートでの構成等、蒐集家が経験するすべての細部にわたって、あなたはありえないはずの世界の、混乱と秩序とをたがいに戦わせあっている。そしていつでもどこにおいても、ほんの少しだけ、細部の秩序のほうを勝ちにみちびいている。このほんの少しだけというところが、ぼくには重要です。

1986年1月17日　コースト・スターライト号にて

「断章のそれぞれは一本の螺旋のように、地下鉄道のように、あるいは網状をした胡桃の殻のように、互いに虚と実を逆転させながら連結し合っているので、意想外な意味上の奥行やら陰影やらを際立たせつつ、全体はきわめてダイナミックに統制されている。」

百十一の断章からなるぼくの詩集に、敬愛するT・Sという文学者からこんな批評を受けたことがありますが、右の部分を補足する、「この作者には性来、一種のやみがたい秩序感覚のごときものがあって」という指摘には、はっとしたものでした。

ここには、世界の配列の組替えにかんする暗示があらわれていないでしょうか。世界の配列は細部においては、散乱し流動する粒子の状態にあります。しかし、配列そのものは「連結」や「統制」に、つまりは「秩序」にゆだねられているのです。要点は、この世界の配列から生きるにあたいする渾沌をつくりだすには、「もうひとつの秩序」を見出さなければならない、というところにあると思えるのです。

ぼくたちはそれぞれ、探しているのではないでしょうか——もうひとつの世界の切手に残る、ひとちぎりの跡を。消印の香りを。

1986年1月17日　コースト・スターライト号にて

もうひとつの世界の切手に残る、ひとちぎりの跡。消印の香り。

ドナルド・エヴァンズ、あなたの場合、その「秩序」は切手というかたちそのものでした。あなたが切手という形式を自分のすべてとしたとき、その秩序は、現実の世界の秩序と似かよいながら別の秩序となったようです。しかもそれは、この世界から別の世界へと連なる秩序なのです。ぼくの詩はといえば、この世界の中にあってこの世界の筋をたがえさせようとするのに、あなたはぼくなどよりもはるかに自由に、別の世界へと連なる美しい筋を見つけ出し、それをさりげなくたがえさせていく。

ただ、そこにあらわれるあなたの「やみがたい秩序感覚」だけは、ぼくにもとても親しいものなのです。

1986年1月18日　コースト・スターライト号にて

あなたは十五歳で、切手蒐集も切手創作もやめてしまいました。十万枚もの本物の切手のコレクションと、『全世界切手アルバム』全三巻にまとめられた千枚の架空の切手とが、物入れの奥に残されました。それらは幼いあなたの世界観として、少年時とともにいったんは失われてしまったのです。

あなたは、チャールズからもたぶん自由になって、あなた自身のことばによれば、「内向することをやめ、人々と関わるように」なり、「人間はとても面白いと知った」のです。普通の青年のように、高校のチアリーダーと交際をはじめ、おしゃれをし、フットボールの試合に出掛けました。芸術家になりたいと漠然と思いながら、なにを描けばいいか分らない不安の時期が、けれどもそのときはじまっていた——十年後に、ふたたび「切手」を見出すまで。そして、「切手」の中に、自分ひとりの世界を見出すまで。

長い夜汽車の旅です。未明の四時だというのに、後ろの席では東南アジア系にみえる年若い修道女が二人、囁くように話をしている。それは、聴いたこともない響き、草や水が立てるような、さらさらとして途切れのないふしぎな言語です。どこの国語でもないような。

1986年1月19日　サンフランシスコ

少年としてではなく芸術家としてつくっていった切手の国々について、あなたは次のように語っています。「そこでは、どんな飢饉も、大災害も起りません。ぼくの切手には将軍たち、戦闘場面、そして軍用機などは登場しません。この国々は清浄で、平穏、そして豊かなのです。時には、あまりにもこの国々に意識を集中しすぎてしまって、混乱してしまうほどで……抜け出すのがむつかしいくらいです。」

ミニアチュアの都市を建造するチャールズ・フィスクとの幼年の遊びでは、あなたはいくつかの災害を経験しなかったでしょうか。壮麗に築きあげた岸辺の砂の宮殿は、降りはじめた雨に押し流されました。でも災害は、被るばかりではなかったでしょう。柱を一本外すだけですべてが倒壊する仕掛けの室内の宮殿は、さらにいっそう手のこんだ次の仕掛けを実現するために、大災害を及ぼされました――少年たち自身の手によって。

地図、カレンダー、ミニアチュアの辞書や百科事典など、凝縮されたおもちゃの文物とともに、そんな、築いては崩す遊びの中から生み出されたのが切手でした。けれど、切手から生み出されていったあなたの国々に、災厄はない、とあなたはいいます。

1986年1月20日　サンフランシスコ

親愛なるドナルド・エヴァンズ、

いま、サンフランシスコです。長旅が終ろうとしているせいか、それともここの空気と肌が合わないせいか、街の中のなにを見ようという気にもなりません。代りに、アイオワシティでつくった友人たち――いくつもの大陸、いろいろな島からやって来た、さまざまな皮膚の色と声の色の詩人たち作家たちのことを、一人ずつ思い出しています。彼らとドミトリーで一緒に暮した日々が、なにかおもちゃの空間での出来事だったように思われます。そこで過した三カ月のあと、ぼくらは散り散りになってアメリカを旅して廻り、いまはてんでの方角をとってそれぞれの国へ帰っていこうとしている。フィッシャーマンズ・ワーフで暗い海を見ながら、最後の晩餐をした。ワインが効いたせいか、悲しいのではないが、なにかが胸にこみあげる。

1986年1月21日　ノースウェスト二七便にて

ドナルド・エヴァンズ、

五カ月の楽しいアメリカをありがとう。よその国にこんなに長く時を過したのははじめてのことです。モリスタウンを過ぎて、日本楓の葉を一枚携えるようになってからは、あなたと一緒に旅をしていたような気がしています。

いま、サンフランシスコの空港を飛び立ったところです。窓からは緑色の大陸がみえています。知り合ったたくさんの人たちの顔が浮びます。これから喧噪の東京へ帰っていくということが、夢のようです。いや、この離陸そのものが、夢のようです。いくつもの島々といくつかの大陸でできているという、この世界そのものが、夢のようです。

ぼくはいま、旅立ったばかりです。世界はまるで違っていて、ぼくにはなにも分らないのです。

Ⅱ

1987年1月31日　東京

ぼくはいま、旅立ったばかりだ。世界はまるで違っていて、ぼくにはなにも分らない。

——ドナルド・エヴァンズ、あなたの手紙に残されたことばをなぞっているのです。一九七二年二月、ビル・カッツ宛、オランダから。

東京での生活のペースが、ぼくを「クレイジー」にしています。——これもあなたのことば、ニューヨークで建築事務所に働いていたころのせりふです。

一日に一通の手紙を封じるゆとりもない。それで、せっかくアメリカでつくった世界中の友人たちを、ゆっくり失いつつある日々というわけです。といって、東京でだれに会うというのでもない。

かろうじて、このひどい渦の中で姿勢をととのえようとしながら、葉書を書くべきわずかの人がいることに気づくのでした。あなたはぼくにとって、その中でも特別の一人です。ご無沙汰いたしました。また書くことをお許しください。見えない世界を断ち切ろうとする意志に、ぼくは欠けているようです。

1987年2月23日　東京

あなたがときどき手紙を宛てた一人は、あなた自身でした。

だけどそんなときも、宛名を自分の名のままにしておくことはありませんでした。

あなたのつくりだしたDeHeerNaaktgeborenという名前は、オランダ語で「裸で生れた」という意味のことばに、敬称がついたものですね。オランダではそんなに珍しくはないというその名を、あなたはときどき、自分の異名としてつかったのだと聞いた。日本語での名前をウマレタ・ママヲ殿とか、ウマレッ・パナシ殿とかいろいろ考えたけど、ぴったりなものが浮ばない。とりあえず、「ナークトヘボーレン殿」ということにしておきましょう。

ナークトヘボーレン氏は、しかし、ぼくには少し年輩の、初老といっていい年齢の人のように想像されてなりません。あなたは、あなたがつくりだしたもう一人のあなたに、いつか歳月をへてかさなりあう、ということを考えなかったでしょうか。

1987年4月6日　東京

「ぼくはいま、旅立ったばかりだ。世界はまるで違っていて、ぼくにはなにも分らない。」

——一九七二年二月、ビル・カッツ宛、オランダから。


一九六三年にモリスタウン・ハイスクールを卒業すると、ニューホープのイタリアン・レストランで、歌うウェイターの夏季アルバイトをしました。俳優になる漠然とした夢をもっていました。

秋にはコーネル大学に入学し、美術史を学ぼうとしました。

次の一九六四年は、念願のヨーロッパ旅行をした年です。

その秋には、同じ大学の建築科にすすみました。芸術家にではなく、建築家になってほしい、というご両親の希望にそってのことでした。けれども、建築事務所での仕事や、ロンドン、ボストン、ナンタケットでの歴史的建造物調査などのかたわら、あなたは美術のさまざまな手法を試しつづけていました。油絵や素描はもちろん、シルクスクリーン、木版、コラージュ、写真、造本、染色、織物、そして自分の筆蹟を彫りこむゴム印づくり。

1987年4月6日　東京

それから、ジム・ダイン、アンディ・ウォーホル、ロバート・インディアナ、クレス・オルデンバーグら、現代の芸術家たちとの交流がはじまります。あなたの行動は、マンハッタンへと移っていったのです。

一九六九年一月、コーネル大学を建築学士として卒業しました。そしてふたたび、ヨーロッパへと旅行しました。帰るといよいよニューヨーク市に移り住み、売り出し中のある建築家の、多忙な建築事務所で働きはじめました。そして、ニューヨークでの生活があなたを、「クレイジー」にしました。

以上は、ウィリーの本を読んで分った経緯です。このあと友人たちに、あなたははにかみながら、でも思い切って、幼年時代の作品、あの『全世界切手アルバム』を見せたのでした。ささやかな熱狂の輪が、そこからひろがりはじめました。

一九七一年、あなたはふたたび、自分だけが知っている不思議な国々の切手を、水彩で描きはじめます。

Dear Doke Emmons

これはまたふしぎな呼び名、
幽霊と降神術に心を奪われていた子供の、
輪廻転生を信じ、前生について知りたがっていた子供の、
黒い側面をもきわだたせる呼び名。
その子は三つめの肺を
少しずつ大きくさせながら、
自分のいる世界の空気を少しずつ入れ替え、ほんの少しだけ
少しだけこの世界から、
まずは自分の半身をはみ出させようとしていた、ふしぎな少年。
その指先は水と光をふくんだ絵筆を介して、
別の世界への覗き窓にひたされている。

1987年4月18日　東京

1987年4月20日　東京

親愛なるドーク・エモンズ、またはドナルド・エヴァンズ、

Frandia, Doland, Jermend, Kunstland (East and West), Slobovia, the Western United Powers——少年時代にあなたが、切手を描くことをとおしてつくった国々の名ですね。その国旗、紋章、通貨、宗教も、あなたがつくったものでした。ところでぼくには、これらの国造りの最初のきっかけが、言語の変形、または名辞の変形の、ユーモラスなほどの微妙さの中にあった、ということを考えます。

この変形に、あなたは驚くほど巧みで、そこらの詩人の仕事以上です。いかにもありそうな音や綴りや書体は、また、いかにもありそうにない音や綴りや書体なのです。Moorestownというのはもっとも初歩的な変形によるものだが、あなたの生れた土地Morristownが、仄かに変形されていますね。それだけではありません。生れたというそのことが、変形されているのだ、とぼくは思うのです。

「言葉の変形は、生誕の変形へと連接する」という定理を立てることができるかについて、いま考えているところです。

１９８７年４月25日　東京

ドーク・エモンズ殿、

この呼び名はまた、なにか改まった感じがします。

一九七二年一月、あなたはとうとう事務所を退職します。

それまでこつこつと節約していたのは、旅立ちのため。厖大な本物の切手のコレクションをお父さんに買い取ってもらってできた資金と、クリスマスに出る最後のボーナスとが、ささやかな貯金に加わりました。

二月、夢のオランダへ飛ぶのに必要なものは、水彩絵具と、切手サイズに穴あけが済んでいる紙の束だけでした。

希望ははっきりしていました。生れたままの状態へ、生れなおすこと。

1987年4月26日　東京

ふたたび、ナークトヘボーレン殿、

オランダにいる友人ジェリー・ジョイナーに宛てて、前の年、あなたはいくつかの悩みを書き送ったといいますね。ぼくに伝わってきているのは、なぜ美術なのか、ということと、愛と幸福を見つけるのを「あきらめる」ことについてだ。

ジェリーの住んでいた農家の住所が、Achterdijk ですね。「堤防のうしろ」という意味の地名だと、ウィリーの本にあります。その農家を借りて、滞在をはじめる。そして、はじめて覚えたそのオランダの言葉から、ひとつの小国をあなたはまた生み出しました。ほんとうは、あなたのほうが、切手のかたちをしたその架空の国の中に生れなおしているのだが。

「堤防のうしろ」でのあなたの愉しみ。水路に沿ってやって来る郵便配達夫をコーヒーでひきとめて、自分の描きたての切手を見せること。なんという大胆な試み。

東京はいま若葉を吹いている。道路に沿ってやって来るここの郵便配達夫に、ぼくも、これらの架空の郵便を見せようか。

1987年5月4日　東京

一九七二年の三月になると、あなたはあの郊外のアクテルデイクの村を離れて、アムステルダムの市内へ出ました。《ドナルド・エヴァンズ　アムステルダム　1972》というスタンプの制作は、記念というものの誇らしさにみちていました。とうとう本腰を入れて、もう一度切手を描きはじめたからです。自分の幼年時代を、自分の未来に変えようとしはじめたからです。

この年、二十カ国、五百六十一枚もの切手を描きましたね。その作業は、「生の記録」としての意義ももっていきました。友人たちをはじめとする、あなたをとりまく日常的関心の対象を、そこに次々と描きこんでいったからです。過去と現在と未来とが、切手の小さな枠の中で、一緒くたに生れ変ってくる感覚。

画商たちとの交渉、そして個展。委託販売で、切手が少しずつ売れること。そして一九七三年、あなたはビル・カッツに宛てて書いている――「自分の仕事にこんなに熱中できるなんて、とても面白いね。永らく眠っていた感覚と能力とを掻き立てることができて。浮きつ沈みつこの仕事に没頭している自分を、もう一人の自分が楽しんでいるのです。」

1987年5月15日　東京

Nadorp
Weisbeker
Yteke

国をつくるには、国語をつくらなければならない。あるいは、国語が生れなければ、国は生れない。

そんなとき、一人の友人の名前が変形されて、ひとつの架空の国語の代表としての架空の国名となり、この名の響きが、他の虚実の国々の名のあいだで、自分の国語の無際限の響きを背負うことになる。

そして、はじめの名は、一人の人を離れて、見えない土地をありありと見えるようにさせていく。

その反対に、すでに見えている土地の中に、あるはずのない王子の名があらわれることもある。D・E――その頭文字はといえば、オランダの町中にたくさん見られるものだったそうですね。

１９８７年５月20日　東京

子供のころの切手づくりでは、その四つの辺の目打ちのギザギザは、はじめ、お母さんのピンキング鋏をつかってあけられていたのでしたね。それからすぐにあなたは、素晴らしい工夫をやってのけました。家にあった古いタイプライターで、一列にピリオドを連打すること。

この方法は、たんに手近な解決法というものではなかった、とぼくには思えます。だからこそ、大人になってからの切手づくりにも、この方法を用いつづけたのです。

あなたの作品を、いわゆるだまし絵の系譜に入れる美術評論家がいましたが、理由のないことではないと思うのです。実際には穴があいてはいないのに、目打ちの穴に沿ってちぎったように見えてしまうのです。あなたのいつもの作品展示方法が、これとうまく手をむすびます。切手を収めるストックシートの黒地が、ピリオドの黒を無の淵にひきこむのです。

縁辺があいまいなこと。これはあなたの作品のきわめて重要な性質のひとつだと、ぼくにはつくづく思えます。

LET US DESCRIBE
HOW THEY WENT. IT
WAS A VERY WINDY
NIGHT AND THE ROAD
ALTHOUGH IN EXCELLENT
CONDITION AND
EXTREMELY WELL
GRADED HAS MANY
TURNINGS

AND ALTHOUGH THE
CURVES ARE NOT SHARP
THE RISE IS
CONSIDERABLE. IT
WAS A VERY WINDY
NIGHT AND SOME OF THE
LARGER VEHICLES FOUND
IT MORE PRUDENT
NOT TO VENTURE.

IN CONSEQUENCE
SOME OF THOSE WHO
HAD PLANNED TO GO
WERE UNABLE TO DO
SO. MANY OTHERS
DID GO AND THERE
WAS A SACRIFICE,
OF WHAT SHALL WE,

A SHEEP, A HEN,
A COCK, A VILLAGE,
A RUIN, AND ALL THAT
AND THEN THAT HAVING
BEEN BLESSED
LET US BLESS IT.

A.V.T.S.A. 1922

1987年6月28日　東京

ドナルド・エヴァンズ、

夢を見た。嵐の前かあとのような、郊外の自然動物園にぼくはいる。いくつもの丘陵に散らばった檻舎をめぐってさまざまの動物たちを訪ねたあと、ひとつの傾斜地にさしかかる。そこには金網の張りめぐらされた広大な檻があり、中に立つ巨樹の枝々には、いろいろな猛禽類が、悠然と荒れ模様の空を見晴かして止っている。彼らは、谷あいを吹きあがる風にこゆるぎもせず、八方に注意を凝らす鋭い目のほかは、剝製のように不動です。

ぼくは小さな女の子と連れ立っている。「動物ではなにが好き」と聞かれ、「豹」と答える。しかしそれは心にもない嘘で、ほんとうは、もっと弱くて臆病な小動物たちのほうがずっと好きなのです。答えながら、この嘘が致命的な不幸のはじまりか、あるいは結果であるように直感する。それから、広大な檻の上部が空に向ってひらかれているのに気づいたのです。そのとき、鷲たちはいっせいに翼を、小刻みにふるわせながら搏ち、いまにも空へ飛び立とうとしました。ふと傍らを見ると、女の子は植物のように首を垂れて萎れている。

1987年7月22日　東京

ドナルド・エヴァンズ、

祖母が死んだ。八十八歳だった。小さな祖母だった。ぼくが大きくなるにつれて、どんどん小さくなっていった祖母だった。それがこの二カ月のあいだに、またいっそう小さくなっていったそうです。——いつか話した、大陸とのあいだの海峡に面したぼくの故郷の小さな港町から、電話で、姉がそう知らせてくれたのが数日前でした。木が枯れていくみたい、と姉はいいました。

あなたのようにぼくも、この七月、勤めてきた出版社をやめたのでした。失業保険の手続きを済ませたら、すぐにも祖母に会いに故郷に帰りたいと思っていました。もう一度言葉を交わしたいと思っていたのだが、間に合わなかった。今日、死んだのです。あした帰ります。

ぼくはあなたのお母さんのことを思いあわせました。一昨年訪ねそこなったマートルビーチに行くことを、またぼんやり考えている。それはおかしなことでしょうか。

1987年7月31日　東京

ドナルド・エヴァンズ、
小さなものから微細なものへ、微細なものから極微のものへ。遊び半分にはじめたことが、あなたの人生になる。
あなたの熱狂がすすむにつれて、それはよりささやかな領域にまぎれこみ、しかし、命取りになりかねない真剣さが、これらの切手、切手ではない切手、縁りのあいまいな極小のタブローを支配する。
小さなものから、微細なものへ。微細なものから、極微のものへ。

１９８７年８月６日　鎌倉

去年の一月に、たしかコースト・スターライト号、あの西海岸の夜を走る列車から送った葉書に書いた人のことを憶えていますか。ぼくの詩集に批評を寄せてくれた文学者です。「この作者には性来、一種のやみがたい秩序感覚のごときものがあって」と指摘してくれたその作家の名は、澁澤龍彥といいます。昨日、その人が亡くなりました。五十九歳。九州の祖母の葬式から帰って間もないのに、ぼくはまた、黒い服を着て悲しみに暮れている次第です。

この人についてはどう説明したらいいか、エクゾティシズムというものを、究極まで楽しんだ人、といえばいいでしょうか。この小さな島国の中にいながら古今東西の書物や美術に通じ、自然から人工まで、具体から観念にまでわたる事物とイメージの結晶の数々を、きらめく日本語の真綿の中に、オブジェのように蒐集してきた人です。いわば、言語によって形象への愛撫を行なってきた人でした。

四年ほど前のある日、崖ふちのささやかな城館のような澁澤さんの家を訪れたぼくは、あなたの作品を印刷した画廊の小冊子をたまたま持ち歩いていて、雑談のさなか、それを彼に見せるはずみになりました。次の葉書につづきます。

１９８７年８月６日　鎌倉

いくつになっても少年の好奇心に輝いているような作家は、あなたの作品をきっと気に入るにちがいない、という確信がぼくにはありました。果して澁澤さんは、とても面白がった。それから、「どうして面白いのでしょうね」と、彼はいつものように問答を仕掛けてきました。

「まず、ぜんぶ自分でつくった国ですね」と、ぼくはゆっくりと確認するようにいいました。「つくった国ですね」と、澁澤さんも確かめるようにいいました。ぼくはそこから、なんとかもう一歩を踏み出そうとして、「つくる端からそれを、まるで自分のつくったものではないかのように、蒐集しているんですね」といいました。すると澁澤さんは、いちだんと声を高めて、「そうか、つくりながら蒐集しているんですね」と返してきました。

　この会話は、じつはここで終ってしまいました。しかし、ぼくはなにか、確かな不思議といっていいものに触れた思いになりました。澁澤さんも、たったそれだけの確認でとても満足しているようで、あとは二人で切手を眺め、その想像の国々を見渡してだけいるような、静かな時間が流れたのです。

1987年10月13日　東京

ある彫刻家の個展のオープニング・パーティーで、アルマンドというオランダの画家に紹介されました。一九二九年、アムステルダム生れ。作家であり、詩人であり、俳優であり、ヴァイオリニストでもあり、それにボクシングまで経験しているという人で、映画も撮るらしい。凜とした大きな体格に飄然とした風情、腕に刺青のあるちょっとめずらしい印象の画家です。一九七九年以来、西ベルリンに住んでいるといっていましたが、ぼくはオランダのことばかりをいろいろと聞いた。

アムステルダムに行くのなら、と彼はひとつのギャラリーの名を教えてくれました。

「コラ・ド・フリス女史のコレクション・ダール画廊へ立ち寄るように。そこはドナルド・エヴァンズが個展をやったところだよ。」

ウィリーの本で、この画廊の名は覚えていました。一九七三年の夏にあなたは、いったん生活資金を調えるために戻っていたニューヨークからふたたびアムステルダムへやって来て、二度目の個展をひらいたのでしたね。それは成功だった。

アムステルダムへ行ってみたい気持が、いよいよつよくなってくるようです。

1987年10月23日　東京

祖父が上京してきた。息子たちの家を泊り歩く前に、ぼくの家に一泊することになりました。祖父は祖母の人柄を思い出しては泣きました。「仏様のようだったね」ともいいました。それからぼくは、宝物にしている古い経本折りをとりだしてきて、祖父の前に置きました。祖父はなんだろうという顔でそれをひらきはじめて、次第にいいがたい表情に変りました。

というのも、そこに貼られているのは、一九三〇年の七月からはじめられたマッチ箱のラベルのコレクションで、その蒐集をしたのは、半世紀前の祖父自身だったからです。少年時代に、ぼくはこのコレクションを丸ごと譲り受けていたのでした。

多くは門司という町の、喫茶店、百貨店、キャバレー、洋装店、食堂、酒屋、ビール会社などのもの。往時は外国船の入る港町だったので、異国のものや他の港のものも混じってきている。くすんだ色合い、ざらついた手触り、懐かしいデザイン。祖父は記憶の中の遠い国にしばらくたっぷりとひたっていたようですが、やがてめざめたようになってしみじみと、「これはいいものを見せてもろうた、家に置いとったら無うなっとったろう、あんた、よおとっといてくれた」といって、晴れやかに笑いました。

1987年12月24日　東京

親愛なるドナルド・エヴァンズ、

今日、あなたのお母さんに手紙を出しました。マートルビーチを訪問して、あなたについてのお話を伺いたいと書いたのです。ファイエットヴィルに知り合いの詩人がいて、そこに滞在する予定だとも書き添えました。

書き出しのところは、ぼくが一九八五年の冬にアイオワシティから送ろうとして、郵便局員から受付を拒まれたあの手紙と、ほとんど同じ文面です。

それから、二年前にモリスタウンを訪れたこと、ジョーンに会って話を聞いたこと、彼女にもウィリーにもマートルビーチ行きをすすめられ、一度は決意したけれど、結局は仕事の事情で断念せざるをえなかったこと。そんなことを書きました。

封筒には、日本の美しい切手をたくさん貼りました。今日はクリスマス・イヴですから、届くのは新年に入ってからかもしれません。

1988年1月7日　東京

ドナルド、

ウィリーの本『ドナルド・エヴァンズの世界』をぱらぱらとめくっていて、これまでうっかり読み過していたところに、目がとまりました。こんな箇所です。「彼ノ誕生日ノ記念ニ、彼トふぃーび・まぐわいやハらんでぃ島へ行コウトサエシマシタ。ソコハいぎりすノトアル海岸カラ離レタ王領ノ島国デ、独自ノ切手ヲ発行シテイルトコロデシタ。ケレドモ、ソノ旅行ハ嵐ニ妨ゲラレマシタ。」

一九六六年のことだというから、二十一歳の誕生日ですね。フィービはあなたの恋人でしたか。ジョーンの家であの日に見た何枚かのスナップ写真のうち、パーティーでの写真に写っていたひとでしょうか。縺れあうように、二人で笑っていました。

ぼくはさっそく世界地図をひらきました。ランディ島はイギリス南西のブリストル海峡に、やっと胡麻つぶのように見つかりました。

独自ノ切手ヲ発行シテイルトコロ？　これはどういうことでしょうか。

1988年1月19日　東京

オランダの観光ガイドブックを買ってきて、ときどき眺めています。今日はこんな記述が見つかりました。

「毎週、水曜日と土曜日の午後、目抜き通りのひとつNieuwezijds Voorburgwal——でもいったいどう発音すればいいのでしょう——のダム広場近くで開かれる切手の青空市。自転車で売りに来る者、自動車の屋根に店をひらく者と、各種とりどりの切手をひろげてのにぎわい。切手マニアには欠かせないし、土産に買っても面白い。」

そうか、アムステルダムを選んだ背景には、こういう「郵趣」の風土があったからか、といまさらのように気づくのでしたが、とするとそこは、あなたの少年時代からの憧れの土地だったのでしょうか。

そろそろ、旅程をはっきりさせなければなりません。アムステルダムからマートルビーチへ、とも考えますが、お母さんから、ご返事がまだありません。

1988年1月25日　東京

正月が過ぎようとしているが、お母さんからのご返事はまだ来ません。ぼくの手紙には、あなたの幼年時代について、少しでもお話を聞けたら幸いです、と書かれていました。

それから、手紙には書かなかった希望も、いくつかあります。お母さんの手許に遺されてあるあなたの作品を見たいということ、その作品についてのお母さんの感想と意見も伺ってみたいということ。なぜ母なのか、とあなたはいうでしょうか。むろん、迷いはあります。けれども、どうしても気になることが、もうひとつあるのです。

それはあの黒衣の老婦人の写真のことです。火事現場で、あなたの札入れに入っていたはずのあの黒い肖像です。ジョーンも、ビルも、ウィリーもそのゆくえが分らない、あの、あなたの信じた「前生の母」の写真のことです。

ぼくはお母さんがお齢を召されて（きっといまは八十六歳のはずです）、所持しているその写真とそっくりの表情でカヌーの上に坐っていらっしゃるところを、夢のように思い描いたりします。

1988年1月30日　東松山

ドナルド・エヴァンズ、

死の突風が、あちらからこちらからと吹き荒れ、ぼくたちの心を吹き曝しにしていきます。ぼくはいま、東京を北へ離れた丘陵地帯のビジネス・ホテルの一室にいます。202号室。そしてこの部屋から二百メートルと離れていない病院のくすんだ病室に、そこも202号室、ぼくの親しい友である詩人が死んでいこうとしています。

医師は匙を投げています。下腹部一帯に癌細胞がひろがっているので、医師はいつ逝ってもおかしくはない、といいました。ここまで激痛に耐え、なお意識をもちこたえているのが信じられないことだ、とも医師はいいました。

ぼくはホテルの小さな部屋の中をおろおろと立ち歩いています。ときどきテーブルに着いて、ホテルの宿泊約款などを収めたファイルブックを読んでいます。日本語と英語で、煙の中での避難法が書かれています――「姿勢は低くすること。階段では、鼻を階段の蹴込み板の下部に押しつけるようにしてすすむこと。」

非常口を確かめておく習慣を、ぼくもいつからか失くしているようです。

1988年3月9日　東京

親愛なるドナルド、

例の海岸地区にあるギャラリーで、個展のはじまったオランダ人の画家アルマンドに再会した。作品を見るのははじめてで、強く惹かれた。ひとつの企画のもとに、ベルリンの画家たちの個展がいまいっせいに、東京のあちこちの画廊で開催されようとしている。アルマンドの今回の絵は、黒、灰、白がほとんどで、多くは木や木の根っこを描いたものでした。ナチス・ドイツのオランダ侵攻による戦争の傷痕を、その作品は隠していない。収容所の近くに住んでいて、アルマンドはそこでなにが行なわれているか気づいたのです。けれども、ここで興味深いのは、アルマンドが、少年としてのこの経験により、悪という観念をはっきりと摑み出していることでした。その絵は戦争の傷をあらわしているのではなく、傷の形状そのものなのです。彼はそれで、罪ある自然ということまで考えている。一本の樹木を見ても、その根に悪の影を、生々しく摑み出すことができる。

ドナルド・エヴァンズのことで、六月頃にはアムステルダムへ行きたいのだというと、「住んでいるのはベルリンだが、できるかぎりのことをしたい」とくり返しいってくれました。

AMIS ET AMANTS
5
·COUP DE FOUDRE·

1988年3月31日　東京

友人愛人諸島の切手の風景シリーズでは、友情や愛情にかかわるフランス語の表現が、その景勝地の名前につかわれていますね。coup de foudre は「一目惚れ」、字義通りだと「落雷」でしょうか。この十二の景色にはどれも、雲が低く垂れこめ、熱帯の嵐が差し迫っているようにもみえる。ほかにも「おませな恋」とか「頼みにならない友」とか「失恋」とか「優しさの激発」とか「もてもて男」とか「浮気心」とか「和解」とか「甘い囁き」とか「溺愛」とかの意味の、フランス語で名づけられた景勝の地が、この島々にはあるようですね。風景が人格をもっているようでおかしい。

ドナルド、日本語では友情の友を You と、愛情の愛を I と、同じに発音するんですよ。

Amis et Amants がカルーダ王国から独立したのは一九四五年八月二十八日、つまりあなたの生れた日でした。

1988年4月20日　東京

ドナルド、

数日前、雅陶堂ギャラリーの横田さんから電話があった。ビル・カッツと電話が通じて、アムステルダムでみんなの集まる日が、六月十八日と十九日とに決った、というのです。みんなというのはもちろん、あなたの友人たち。ビルもウィリーも、イタリアで開かれるジャスパー・ジョーンズ展とのからみもあって、ニューヨークから出向くようです。来年のあなたの世界巡回展の計画のためです。ぼくのアムステルダム行きもそこに合せたら、と横田さんは誘ってくれているのです。ふしぎな気持がする。おこがましくもいわせてもらうと、ぼくはあなたの「死後の友人」だからです。友人たちや画廊の人たちの中に混じることは、自分を幽霊か透明人間にするみたいな、後ろめたい気がしているのです。

1988年5月27日　東松山

親愛なるドナルド、

昨日、雅陶堂ギャラリーに行った。横田さんは、近くヨーロッパへ向う。その仕事のひとつは、あなたの作品の世界巡回展のための打合せです。当初、ビル・カッツをはじめ、世界各地の関係者がアムステルダムで落ち合うはずだった計画が、ヴェネツィアに変った。ビエンナーレが開かれるので、いずれみな、そちらへ向うためだそうです。

その夜、横田さんと飲みながらアルコールの勢いもあって、われながら微妙なことを口走った。——ドナルドは「パリ・レヴュー」誌に答えて、「ぼくの世界には戦争も災厄もない」と語っているけれども、彼は、ほんとうにそう考えていたのだろうか、とね。

もう一枚の葉書につづけましょう。

1988年5月27日　東松山

彼の仕事はたしかにイノセントなものだし、有罪者を自称するアルマンドと比べるとそのことははっきりします。しかしぼくは最近、ひょっとしたら、と思いはじめている。ドナルド・エヴァンズの世界こそは、途方もない悪意にみちているのではないか、と。

この意見を、あなたに直接ぶつけたくなったのです。つまり、無垢な悪意というものがある。そして、それこそが、世界に対して作用するものだと思えてきているのです。

今日も友人を見舞いに、この寂しい衛星都市へ来た。つらいことに、新緑が芽吹く季節になるほど、また彼の容態は悪くなっていく。激痛を抑えるために、強い薬がつかわれるようになり、彼は深く眠るばかりだ。耳許で、ぼくは運動場で出すような大声を出して、何度か励ました。声は最後にようやく夢の底に届いたのか、彼はちょっとだけ、うなずいたかと見えた。

ぼくは好きだ。あなたのつくった、Islands of the Deaf 聾の群島。いっぱいに伸ばされた手話の指。そのつくる、数のサイン。虹のスペクトラムにあわせたように描き分けられた切手のシリーズに、虹のようにかかる消印。「ゴプシェへの葉書」のためのノートに、あなたは書いていています、その多島海には毎日虹がかかるのだ、と。

1988年5月29日　森林公園

友が死んだ。夜中の三時を大分まわったころに、泣きじゃくる奥さんからの電話があった。タクシーを高速道路に走らせて、東松山の病院へ向った。真っ暗だった夜が、着くころには、泣きはらしたように赤く、朝焼けてきた。霊安室で遺体運搬人を待ちながら、奥さんは泣きつづけた。よく分らないのか、そばで、泣くでも遊ぶでもなくおとなしく佇んでいる、小さな女の子と男の子。

なぜなのか、彼は非常口から、運び出されることになった。とても狭い、裸の鉄骨の階段に折返しがあって、担架の頭のほうをぼくはもって、急勾配と急旋回を耐えた。布をかけられた彼の頭部は、一度、初夏の暁の空へ、突き出される恰好になった。それから、奥さんの乗用車に誘導されて、遺体とぼくとが乗った葬儀社の車は、田園地帯の真中にある彼の家へ向った。新潟から来ていたお母さんが待ち受けていて、小さく泣いていた。彼とよく似たお兄さんも、ほどなく駆けつけてきて、座敷に寝かされた彼の枕許に坐った。それから、隣組の人たちを交えての、葬儀をめぐる長い長い打合せがあった。

夕方、空が恐ろしく曇る。あなたの切手の空のように。

1988年5月29日　東京

ドナルド、

夕方、空が、恐ろしく曇る。あなたの切手の空のように。ぐったりと疲れてシートに腰を沈めたまま、帰りの電車の窓に、凄むように黒くなってくる空を見ていた。雷鳴が轟いて、轟きの中で、やがてぼくは、眠りに落ちた。

1988年6月2日　東京

親愛なるドナルド、

五日前から九州の母が上京していたのに、ぼくは、友人の死のほうに時間を割いていた。かまわれない母は親戚の家に泊めてもらいながら、息子からの電話を待ったりしたが、ようやくきのう、息子の家に泊ることができた。ところが息子は今朝も、死んだ友人の本のために、彼の年譜を作成する急ぎの仕事に追われていた。家の中に二人だけでいてかまわれない母は、ひとり部屋の隅で、澁澤龍彥というあの死者から、その遺志によって贈られてきた本を読んでいた。

短い時間をそうやって過して、母を東京駅に送りに行った。ぼくは少しいらいらし、ぶっきらぼうにしていた。新幹線の乗降口で別れぎわに、ぼくは母にいった。友人の本が出来あがったら買ってほしい、と。母は、十冊くらいなら大丈夫、とうなずいた。ベルが鳴り、ドアが閉まり、窓枠の中に、母の顔が仕切られた。ぶっきらぼうにされても悲しまず、にこやかに手を振る老いた母を見たその瞬間、いままで味わったことのない悲しみに襲われた。ぼくは自分を、友人自身であるように感じたのです。

1988年6月10日　東京

ドナルド、

きょう、ビルから国際電話があった。ビル・カッツです。三年前のニューヨーク以来なので驚いた。今月いよいよアムステルダムに行くと聞いたがほんとうか、という問合せで、友人の死があって行けなくなったが、しかしおそらく九月の終りには行くだろうと答えた。

ビルは、アムステルダム滞在の際は、ドナルドについて知りたいことがよく分るように手配する、といってくれた。

ぼくが雑誌に書いているドナルド・エヴァンズについての文章を、ビルはすでに横田さんから送られていて、友人の日本人に英訳してもらって読んでいた。お世辞半分だとしても、ビルはそれを面白がっていました。横田さんに、ドナルドについての二、三の質問を託しているから、こんどヴェネツィアで会ったら聞いてほしいと、ぼくはビルにいいました。

1988年6月24日　森林公園

友人の詩集が出来たので、きのうは仲間で乾杯し、きょうはその三人で北の郊外への電車に乗って、奥さんのところに届けた。きれいに仕上がった函入りの本を手渡されて、彼女は長い時間、それをさすり、静かに泣いていた。彼のすべての詩を収める本だった。過去の詩集やあたらしい作品を最初のゲラ刷りに加えながら、次第に全詩集としていったのは、病床の彼だった。癌を知らされなかった彼が、死をどう意識していたのか、分らない。しかし、一冊の本の中に、自分にとってのすべての世界を、他者にもそして自分にも、見えるようにしようとしたことは、たしかだ。

夜遅く、奥さんが、見つかったばかりの大学ノートの束を出してきた。それは、十八歳の彼が雪国から上京して以来数年の、若い日々の手記だった。詩作の痕跡を人に見せるのを極度に排した人だったので、ぼくたちは驚いた。ぼく一人は、煙と水の染みたあなたのアドレス帳を、ビルとウィリーに見せられたときの胸のつまる感覚に似たものを、また味わっていた。

いま、友人の部屋だった一室に延べてくれた蒲団の中にいて、彼の遺骨の入った壺を枕の少し後ろに感じながら、眠りに就くところです。

１９８８年６月25日　来迎寺

ドナルド・エヴァンズ、
朝、近くの丘の上の、古い寺の境内の、彼の墓が立つ予定地をみなで見に行って、ぼくはドナルド・エヴァンズのお墓がどこにあるのか知らないことに気づいた。あのビルへの質問条項に加えておくべきだった、と思い、いや、あなたの場合、知らないほうがいいのかもしれない、とも思った。どこにもいない、といわなければならない人が一人いるということ。
それから、ぼくたち仲間は、奥さんと子供たちとを誘って一緒に特急列車に乗り、彼の出来立ての本を携えて、さらにはるかに北へ、彼の故郷へとやって来たのです。この季節には雪のない、雪の国の広い野原に。
仕出し屋をやっている彼の実家の広い裏庭に、蛇神様の祠があった。彼がそれを詩に書いていたので、みなで詩句をつぶやきながら眺めていると、窓からお母さんが顔を出した。そして、いつもの慎ましい笑みを漣のように立てながら、祠の由来を話してくださった。はっとして、その話よりも、窓枠の中のお母さんという絵に、またとらわれていた。

1988年7月16日　東松山

ドナルド、

友だちが亡くなって七週間目という、納骨を兼ねた弔いの儀式が、きょうあった。小雨の中を親しかった者が集まった。墓石の間に合わない彼のために、ぼくは東京で適当なポリ容器を探して買って行き、骨壺を入れ、丘の上にスコップで穴を掘って、埋めた。わずか数人だが、彼と会ったこともなかった詩人たちが、忙しい中を参列してくれたことに、ぼくはひそかに慰められた。

友人の遺品の中から、ベッドに最後まで抱えていた詩集のための草稿が見つかったのだが、その中にまぎれて、あなたと彼とをつよく結びつけるものがあった。詩稿の裏にびっしりと書きこまれたものだった。彼が小さなころから愛好者であったボールゲームの、架空のスコアが出てきたのだ。

1988年8月16日　東京

雅陶堂ギャラリーの横田さんから電話があって、あなたの作品展の計画の途中経過を聞いた。東京にはじまり、ホノルル、ロサンジェルス、ミネアポリスと候補が次々にあがっていること、ニューヨークをへて、最終地はやはりアムステルダムになるだろうこと。アムステルダムのベノ・プレムセラという著名なデザイナーが、たぶんぼくのオランダ行きを迎えてくれるだろうことも、ビル経由の情報として聞いた。ビルとウィリーとベノは、ドナルド・エヴァンズの全作品を護る役割を、着実に果しています。

それから、八月の九日に、これも横田さんの紹介で、来日中のアムステルダム市立美術館学芸員アド・ペーターセン氏に会うことができた。あなたの展覧会を企画した、あのアドですよ。アドと新橋で鮨を食っているうちに、アムステルダムの街が身近に感じられてきた。ぼくは喉元まで湧いてくるあなたにかんする質問を、鮨を呑みこんでこらえたものです。すべては、アムステルダムで。

Ⅲ

1988年9月28日　アムステルダム

親愛なるドナルド、

雲が、かぎりなく水平線に似ていた。朝焼けは、まっすぐに横たわった虹にも見えた。東から西へ、地球の自転に逆らいながら飛んできて雲の下に入ると、雨がひろがった。朝六時半、アムステルダム着。

スキポール空港の名の由来は、「船の地獄」。干拓される前は、しじゅう坐礁の起きる海域だった。ぼくも坐礁しようとしているのかもしれない。なかなか荷物が出てこないので、運搬台のベルトが空しく回転するのを見ていた。いろんな国のいろんな図柄のシールが、擦り切れたまま貼りついて、坐礁を嘲すように回転していた。

タクシーで市街の南西部、市立美術館に近いウィルムスパルク通り九五番地のウィレムセン夫妻の宿に着いた。小さな扉を押すと、すぐに急な階段、エレンという太ったおばさんが二階で手をとって大歓迎。裏庭に面した三階の、七十ギルダーの部屋に決めた。九日間滞在するというと、喜んで五十ギルダーにしてくれた。トランクから必要なものだけを出して、戸棚に並べた。いつでも、あたらしい生活というものは爽快だ。孤独であれば、なおさら。

１９８８年９月28日　アムステルダム

それからドナルド、

どんなことが起ったか。着いて身の廻りを整理して、さあ街へ出よう、と部屋のドアを開けたとき、あたらしい友だちが廊下に坐って待ち構えていた。名前はベルタ。眼のくるりと大きな女の子。

眉間から鼻、口許、胸、お腹にかけて白い、あとは四つの足先が白い、その他は真黒。完全な対称形模様をもつ毛並みのきれいな若い猫。すぐに名前が分った理由？　すぐには分らないさ。彼女はぼくの部屋にするりと入ってきて、ベッドの上に跳ねあがると、撫でられようといろんなふうにしなやかに身体を動かした。それで、首につけられたコイン大の名札がひっきりなしに揺れて、少しも読めはしなかった。名前と住所と電話番号を教えてくれたのは、もっと親密な仲になってからだ。

1988年9月29日　アムステルダム

ドナルド、

草花のいっぱい飾られたベランダから、この区画の建物すべてで囲っている大きな中庭が見下ろせる。朝食の席では、オーストリアから来た二人の美しいお嬢さんと話をした。ソーニャとイングリット。ソーニャは社会福祉の仕事を間もなくやめて、来年の一月と二月に世界一周旅行をするつもりだという。日本に着いたら、覚えていますか、とだけ電話をしましょう、と笑った。「私の旅行は駆け足で、東京には一日しかいられません。」

世界一周は、普通の旅とはちがって、それ自体を目的とするものかもしれませんね。足の裏に世界の丸みを丸ごと留めてしまおうとする試み。

イテケの旅のように？　留守番する犬ゴプシェへ、旅の感想のすべてを便りしつづける、女王イテケの旅のように。

朝食のあと、居間で、宿の主人ウィレムセン氏と切手の話になった。彼は大変なコレクターで、アムステルダムの切手蒐集家のことならたいがい知っているといった。ドナルド・エヴァンズは、と説明しかけたところ、彼は立ちあがり、戸棚から大きなカタログをとりだしてきて、オランダ語でつぶやきながら調べはじめた。そうではなくて、といいかけたら玄関のブザーが鳴り、アド・ペーターセンが、ぼくを訪ねて階段を昇ってきた。

東京ではじめて会って以来の握手。エレンとウィレムセン氏に、市立美術館のアド・ペーターセンさん、と紹介してから、出掛ける準備のために、三階の部屋に戻った。仕度をして車に乗りこむと、アドが笑いを嚙み殺してこういった。

「おかしかったよ、ドナルドのことを、ほんとうの切手画家だと思っちまったんだ。違うんですよ、その男の切手はファンタジーで、と一から説いて聞かせたら、主人ははじめきょとんとして、それから静かに納得してうなずいた。あ、なるほど、ファンタジーか、って。」

アドはそして、だんだん笑い声の音量を上げていった。

1988年9月29日　アムステルダム

それからアドと、市立美術館に面したスモール・トークというカフェで、カプチーノを飲んだ。壜の底のように二重三重の輪が見える眼鏡と、その中心の小さな目とに、なんだか親しみを覚える。彼はぼくに地図をひろげさせると、運河の仕切りを筆記具でたどりながら、ここが十六世紀の区画、その周りのここまでが十七世紀、それからここまでが十八世紀、と干拓で波紋のように環状地帯をひろげていったアムステルダムの成立ちを説明してくれた。

スキポールとは、とぼくは付け焼刃をいった。「船の地獄、という意味だそうですね。」アドは、頭の中で語を分解するような表情を見せた。「それは知らなかったね。ただこの都市ではどこでも、地面は水面より数メートルも低いんだ。それに地球はこの二、三百年でずいぶん暖まっており、極海では氷がどんどん融けていっているだろう。海はますます高くなり、陸はいよいよ低くなる。まあ、いまにオランダ全体が消えてしまうさ。古代のアトランティックみたいにね。」

「そして、ドナルドの世界のように？」そう尋ねてみた。

「そのとおり」とアドはあっさりいう。

1988年9月29日　アムステルダム

アドがぼくを、市立美術館の版画室に連れて行く。そこに所蔵されているあなたの作品をいくつも見せてくれたわけだが、とくに『世界のカタログ』のオリジナル版を見ることができたのは嬉しかった。タイプのインクが香り立つ、厖大にふくれあがった最終版を見ていっていたら、とても時間がかかり、半分のところでアドにとめられた。「今日のところは時間がないよ。滞在中、いつでも見に来ていいんだから。」

ニューヨークでビルに見せてもらったものは第何版だったのだろう。あのとき、はじめて会うあなたの二人の親友が見守っているので、一葉ずつ、気もそぞろにめくっていった。今度は研究用の机でゆっくりと見ることができるので、知らなかったたくさんの国々を、あたらしくメモすることができるわけです。

それにしても、文字が並ぶばかりの白い紙の束が、ときには作品そのものよりも、「その世界」の実質を感じさせる、とはどういうことだろう。切手愛好家の手法とコンセプチュアリズムの方法との無段階接合。そこに、ドナルド・エヴァンズが今日的な作家であることの明証があります。

1988年9月29日　アムステルダム

アドはシンゲル運河沿いの道でブレーキを踏んで、三五番の建物の、半分だけ地上に出ている窓を指差す。ハンドルの上に手を休め、奇妙なことに、とかすれた息をひとつついた。「一緒に火事に遭った友人を、その後、見たやつがいないらしい。警察は、その男からの事情聴取まではやったんだが。」

ジョーンから聞いた、東洋人の織物師という男の影がよぎった。「それからあの四月二十九日には、私が企画したクレス・オルデンバーグ展のオープニングがあった。準備中、ドナルドがこの街にいるよ、というと、そいつはいいや、ぜひパーティーに招待したいよ、とクレスはいった。彼がニューヨークの路上にモニュメントを制作したとき、コーネル大学の建築科の学生だったドナルドは立体計算を任せられたよね。われわれは楽しみにしていたんだが、来なかった。死んだのは、その日の未明だったんだよ。あのベースメントやファサードは」と、こんどは目で指してからつぶやいた。「あれからずいぶんしばらく、黒く煤けたままだったな。」

車は走り出して、隣のホテル・ミュージアムを、国立美術館を、市の中心部を過ぎた。やがて、跳ね橋の見える市の北東部に入る。

1988年9月29日　アムステルダム

ドナルド、

木々の静かにそよぐ小運河沿いに、住居のために改修された十七世紀の倉庫群が並ぶ。間口は他のどの地区よりも狭い。クロムボーム・スロートは、短くひっそりとした通りだ。

モリスタウンからここに来て、あなたはもうひとつの世界に近づき、その中に入り込んだ。六三番の建物、その屋根裏部屋に、あなたはあなたの最終的な仕事の場所をつくった。川沿いの道に面した扉はいまも、あなたの世界がその中に籠められてあるかのように固く閉ざされていて、ぼくは入ることができない。しばらく立ちつくし、屋根裏の小さな窓からの眺めがどんなものになるのかを、空しく推測した。

アドはぼくを車へうながして、ブロウワー運河沿いの彼の住居に連れて行く。そこも十七世紀の倉庫を改造したもので、しかも現代美術のコレクションでいっぱいの、全階が素晴らしいギャラリーのような家だった。アドから、あなたの切手作品、手紙や葉書、そしてウィリーの本『ドナルド・エヴァンズの世界』へのイタロ・カルヴィーノの書評などを見せてもらった。

1988年9月29日　アムステルダム

ドナルド、

いったんアドと別れ、大聖堂のように古くて大きな郵便局で切手を買ってから、宿に戻った。夕方七時十五分のスモール・トークでのアドとの待合せに遅れそうになったのは、出掛けようと部屋の扉をあけたとたん、ベルタが部屋に入って来たからだ。出そうとしても逃げまわって、出て行かない。ベッドにあがって愛撫を待つ。おざなりに撫でてからやっとつかまえ、いやがる彼女を抱えて廊下に出して、鍵を掛けた。

玄関扉に直通する急傾斜の階段を下り、外に出てドアを閉じようとふり返ると、ちょうど目の高さの一段にベルタは手をそろえ、きちんと坐っている。正面から見ると、その軀の模様はまったくシンメトリーだ。いったんドアを閉めるふりをしてしばらく間をおき、また開けてみると、同じ恰好、同じ表情でそこにいた。

1988年9月29日　アムステルダム

アドの車で、カイゼル運河街のベノ・プレムセラの家に着いた。

オランダを代表するユダヤ系のこのデザイナーのことは、噂に聞いていた。一九二〇年、アムステルダム生れ。彼もまた、家族の多くをアウシュヴィッツに失っている。子供のころから、世界中の美しいものを貪欲に見てきた人——初めはこの国際港に集まってくるものを迎えながら、次には世界の各地へと出掛けて行って。

少数民族や同性愛者の権利を擁護する運動の、強力な理論家でもあるらしい。また、若い芸術家の真価を見抜き、貧しい彼らを励まし、ときに庇護さえしてきた、と。

そして親切にもベノはぼくに、彼の家に滞在するようすすめてくれる。ニューヨークのビル・カッツからの口添えがあったからだろう。

裏庭に面していて完全に他の部屋から隔絶した屋根裏部屋があるから、そこに滞在するように、といわれた。知人が先ごろエイズで死んだ寝床だが、完全に消毒をしているから心配はない、ともいわれた。ぼくの返事の歯切れが悪いのは、そんなことのためではない。ベルタのことが気懸りなせいだ。

1988年9月29日　アムステルダム

ベノもまた、彼が所蔵しているあなたの作品を見せてくれた。まず、『世界のカタログ』を。どの版のどのコピーでも、白黒で複写された切手のうち、選ばれた一点だけ着色されていること。とてもいいアイデアだ、とベノはいいます。だれかがこの一冊をさらに複写しても、作品としての意味をもたないから、と。

市立美術館で昼間見た『世界のカタログ』の原本には、着色はありませんね、とぼくは二人にいいました。でも、複写された各版には、色彩が与えられている、ちょうど光源と照り返しの関係のように。こんなこともドナルドの世界への鍵のひとつと思えます、と。

するとベノは、もうひとつ、驚くべきものを見せてくれました。それは、あなたの作品を手に入れただれかが、どこかの会社に宛てる事務的な葉書に、それを貼ってしまったというものです。通常の切手の脇に、あなたの切手を並べて貼ったものです。郵便局員は気づかずに、虚実二枚の切手にまたがるような消印を押した。この投函者は、美術作品を台無しにする粗忽者、と推断して間違いはないでしょう。それでも、どうでしょう、結果として、現実の世界の秩序をさりげなく解き放とうとするあなたの作品の意志に、力を貸した人でもありはしませんか。

ベノの客間で、アドと三人の会話がつづく。アムステルダムに来る前に人を介して、とベノはいった。「私のデザイン事務所で働けないか、とドナルドはいってきた。しかし私は、こちらの仕事はセンチメートルの単位をつかうからきっと無理だろう、と断ったんだよ。彼は諦め、ニューヨークの建築事務所で働くことで、アムステルダム行きのお金をつくったんだね。」

私がはじめて会ったとき、とアドが話を受けた。「彼はもう自分の中のものだけに向きあっていたな。美術界の流行も傾向も、まるで眼中になかった。まったく外部から隔絶して、自分の世界をつくることだけに熱中していた。それで」と、そこからはつぶやくようにアドはいった。「これは、とてもむつかしいな、と私は思ったんだ。とても……とね。」

それから、運河沿いのクリストファーズというレストランへ向うベノの自動車の助手席で、あなたの死の前後を聞いた。ちょうど前の晩、夕食を共にした、と。翌朝、ベノは仕事のためにイタリアへ発った。滞在先に電話が入り、急いで取って返した。アメリカからご両親が到着した。葬儀にかけて、あわただしかった。ドナルドの骨灰は、とベノは思いがけぬことを教えてくれた。「アムステルダム沖の海に、飛行機から撒かれたのだよ。」

1988年9月30日　アムステルダム

昨夜は食事のあと、ベノが宿まで送ってくれた。明日からでも家に来るように、と別れ際に運転席からいわれた。

部屋に戻るとすぐに、ベルタがやってきた。ベルタは聡明なふしぎな猫だ。ぼくが滞在先を変えようとしていることを、察知したとしか思えない。これまでならひとしきり撫でてもらうと満足して、扉の前に坐ってノブを見上げ、廊下へ出してくれるよう催促していたのに、その夜は帰ろうとしなかった。なにか興奮してさえいた。結局、彼女はぼくと一晩、ベッドを共にすることになった。

ベルタのとった行動は、そうして、朝食の席で、エレンはじめ泊り客みんなのあいだに発覚するところとなってしまった。おお、ベルタ、とエレンおばさんは半ば嘆き、半ば笑うようにいって彼女を抱き締める。「ほんとうにこちらの男性の部屋に泊ってしまったのね。」

とてもめずらしいことだという。ウィーンに連れて帰りたいわ、と可愛がっていたソーニャは、諦めたようにぼくに囁いた。「ベルタが愛しているのはあなたね。」

いい気持になってぼくは、ベノの家に移るのを、あさってまで延ばすことにした。

1988年9月30日　アムステルダム

ドナルド、

夕方、ベノに誘われて、アレクサンダー・リクトベルトという若い彫刻家のアパートへ行った。彼は日本で窯元に修業したことがある、セラミックのつかいてだ。手製の料理をごちそうになった。彼の住む無機的なアパートは、アムステルダムにはあたらしいもので、生活保護を受けている人たちに向けてのものと聞いた。「きみも生活保護を？」と尋ねると「はい」といって、いたずらっぽく笑った。それは芸術家援助のプログラムによるらしかった。

彼は忘れかけている日本語を突然つかう。ベノとアレクサンダーの会話は、ときどき英語からオランダ語に戻る。しかし彼らは、美しいもの、素晴らしいもの、幻想的なものについてしか語らない。

ぼくはちょっと、ベノとあなたとの会話がどんなものだったかを想像させられた。ぼくもだんだん、アムステルダムの空気に馴染んできた、ということろです。

1988年10月1日　アムステルダム

ゴッホ美術館のまわりには、カスターニエの実が爆ぜて落ちている。そういう季節だ。中に入って、たくさんのゴッホを観た。いちばん長く足をとめたのは、一八九〇年の三月から四月にかけて描かれたとされる『北の思い出』だった。嵐の空の下に、立ち並ぶ小屋と糸杉が描かれたものだ。濁った黄金色に縁どられた灰緑色の雲、その陰に沈もうとしている不吉な太陽。荒れる野の道を、二人の人影が集落のあいだへ歩み入りつつある。なぜ二人なのか、とつよく問いかけたくなる絵だ。ぼくは突然、友が死んだあの日の北関東の野のひろがり、夕方になるとそこを急激に襲いはじめた恐ろしいほどの雨雲を、思い出した。

美術館を出ると、またスピーゲル運河のほとりへ足を運び、以前から目をつけていた古い版画ばかりあつかう店で、クロムボーム・スロートを描いた版画はないですか、と尋ねた。気のいいおじさんは、ちょっと、ありませんなあ、といってから気づいたように、

「あ、きみはそこに滞在したんだね」といった。

いいえ、ぼくの友人が、といってから、ぼくははっとした。自然に、「友人が」ということばが出たからだ。

1988年10月1日　アムステルダム

街をあちこち歩いている。スピーゲル運河沿いの骨董店街には、天球儀や航海機器や光学機器があふれていた。十七、八世紀の文物のあいだを通り抜けて、あのコラ・ド・フリス女史の画廊コレクション・ダールに行った。東京でぼくに、きみが個展をしたところだと教えてくれたアルマンドは、ぼくのことをコラにも話してくれていたらしい、コラはぼくをすぐに分った。この画廊がベノの家のすぐ隣だというのも奇遇だ。「でも、はじめてドナルドが作品を抱えて入ってきたのは、ここではなくてシンゲル運河の方にあったころなのよ」と、コラは笑みをたたえながらいった。「そこは入口も壁も、とてもとても小さな空間で、だから彼は、自分の作品にぴったりだと、気に入ったのだと思うわ。」

コラが忙しそうにしていたので、きみの作品はあらためて拝見することにした。ところが、とても愉快な情報を彼女はぼくにくれたんだ。そのアルマンドが、いまベルリンからこの街に来ていて、しかも芝居に出ようとしている、というのです。それも、三人しか出ないコメディに。ぼくはその劇場の名を教わった。「きっと、面白いはずよ」とコラも、愉快でならないというふうにウィンクした。

1988年10月2日　アムステルダム

トランクを担いで、ウィレムセン氏の民宿を出て、ベノの家に移った。ベルタにはなんども鄭重に、また戻るから、といった。ベルタが分ったかどうか、ぼくには分らない。

ベノの家にはアレクサンダーが来ていて、三人で昼食になった。ナイフとフォークで食べるはじめての生鰊。脂が乗っていてじつにうまかった。アレクサンダーにアルマンドの芝居のことを聞いた。出演者はみな役者ではなく、テレビのキャスター、詩人、そして画家。キャスターが扮するのは、大きなことばかりいう小人物、画家が扮するのは、小さなことに怯えてばかりいるが、純粋でじつは大きな存在。すべてドイツ語で演じられるが、単純な芝居なのできっと分る、とアレクサンダー。彼は立ちあがると劇場に電話して、予約を取ってくれた。

食後はひとりで、国立美術館へ行ってフェルメールを見た。三点のうち二点が、手紙を受け取ったところを描いたもの——『恋文』と『手紙を読む女』だ。画面の中に、見えない切手を見ようとするように、じっと見た。

ベノのゲスト・ルームは快適だ。瀟洒に内装され、裏庭の緑と街の気配とに溶け込んで、そして孤独。アムステルダムのいっぱしの住人になった気持がする。

1988年10月3日　アムステルダム

親愛なるドナルド、

朝、散歩がてら葉書を出しに、古い大聖堂のようなあの中央郵便局に行く道すがら、火事現場に出くわした。ワールド・チケット・センターの隣、一六三番のカフェ・ガルボの建物の四階の窓が焼けて、中が真黒だった。

二台の消防車を停めて、鎮火作業を終えたばかりのずぶぬれの消防士たちが、紙コップでコーヒーを立ち飲みしていた。あまりのなまなましさに、ぼくは近づいた。だれか死人が出ましたか、と口を衝きそうになった。

1988年10月3日　シャルクウェイク

十時半、アドが迎えに来た。めずらしい晴れつづきだといって、鼻歌が出そうだ。車は南東のユトレヒトの方へ進んだ。アクテルデイク——堤防のうしろ。その二七番地。きみがオランダへ着いてすぐに住みついたところ。切手の絵から想像しても、よほど郊外だろうとしか、分らなかった。アドですら、はじめてだ。ベノもほかの友人たちも行ったことがない。

車はやがて、大きな運河沿いの、いかにも絵葉書のオランダといった田園風景へ進んだ。じつは私は、このへんで育った、とアドがいった。「子供のときはね、鳥を観察するのが好きだった。西のイギリスや北のスカンディナヴィアからも、東のドイツや南のフランスからもやって来る。このへんはちょうど、集まっては散っていくところなんだよ。」

話をしているうちに、アドは道を見失った。シャルクウェイク、シャルクウェイク、と中継点の村の名を唱えながら、建物のない道をぐるぐる廻った。大きな溜息をついて、アドは車を停め、地図をひろげた。おかしいな、こっちなのに。しばらくして目をあげると、ぼくたちはほとんど同時に気づいた。すぐ目の上に、シャルクウェイク、と書かれた矢印の標識があったんだ。大笑いしてから、おかしいな、と首を傾げ、その道を進んだ。

1988年10月3日　アクテルデイク

シャルクウェイクの村に入ると、教会を左手に見ながら、小運河が中央に流れる道を進んだ。カナール、グラフト、スロートと、運河が小さくなるにつれて変る三つのオランダ語を教わった。村はずれに、一見して休業中のカフェを見つけて、中へ目を凝らした。「どうも、やっているようだよ」「じゃあコーヒーでも飲んで道を尋ねよう」——二人は車を降りて入って行った。

するとどうだろう。中は村人でいっぱい。受け皿が鳴る中、がやがやとなにを喋っているか分らないのは、アドも同様だというのだ。ベビーベッドまで置かれ、赤ん坊がときどき叫びをあげる。隅の席を見つけて坐り、コーヒーを頼んだ。「ルイス・ブニュエルの映画みたい」とアドに耳打ちすると、掠れ声をさらに掠れさせ、しかし抑揚だけは大仰につけて、「まったく、そのままだ」といった。女将が来ると、アクテルデイクへの道をアドが尋ねた。「だれにご用?」と返され、しかたなく、アドがきみのことを話しはじめる。アクテルデイクの住人ならこの何十年みいんな知ってるけど、そのアメリカ人だけは知らないわね、と棘のある返事だったそうだ。渡された略図をしまうと、アドは立ちあがりながらつぶやいた。「早々に退散するとしよう、村人たちに殺される前にね。」

135

1988年10月3日　アクテルデイク

ドナルド、
シャルクウェイクの村からさらにはずれ、まわりは大きな牧草地ばかりだというひろがりに入った。小さな標識を見つけた。アクテルデイクだ。切手に見てきたのと同じ綴りだ。

そこは、車がやっとすれ違えるほどの一本道だった。きっとこの、両脇にポプラが高く並ぶ道沿いのどこかが、Achterdijkの公国だ。しかし、ぽつんぽつんと牧場主の家があるほかは、それらしい小屋はいっこうに見えない。

きっと、これが二七番地だろう、と車窓から道の脇の盛土を指差してアドはつぶやいた。アドの静かな冗談を聞いていると楽しい。ぼくもなにかくだらないものを指差して、いや、きっとこちらが二七番地だろう、といおうとするが、ほかにはなにも見つからなかった。

「ドナルドというのは、ほんとうに変った男だなあ。こんなになにもないところに、住居を見つけたんだからね」と、アドは小さな溜息をついてみせた。

１９８８年10月3日　アクテルデイク

ドナルド、

アクテルデイクの一本道を車はゆっくり進んで、なにも見つけられないまま、私道の入口に行き当った。その手前で舗装道路が左へ折れているので従うと、単線の鉄道と斜めに交叉し、それを越えることになった。

手掛りの写真によれば、この線路が小屋のすぐ裏手にあるはずだから、とアドは推理した。ぼくたちはUターンして、踏切をまた渡り返した。私道の入口に戻って、車を降りた。その短い道の両脇にもポプラが並んでいる。左側の一番手前の木は、ひどく枯れていた。見ると、その根元に針金で、小さな金属製の筒が縛りつけられていた。

「これは新聞受けだよ」とアド。その上にペンキで書かれている文字は、新聞の意味だという。さて、文字の下に、ぼくたちはとうとう見つけた。「27」という数字だ。

そうすると、この枯れたポプラの木がドナルドの住居だったのだろうか、とぼくは一瞬、ほんとうにそう思ったものだった。

1988年10月3日　アクテルデイク

そのポプラの並木道は、線路の盛りあがりにぶつかるまで、ずっとつづきます。ぼくたちはゆっくりと歩いて、世界の果ての荒れた道を歩きはじめます。どんづまりには、一軒の小さな家があります。

庭も荒れ、鶏が二羽歩いていた。左手には沼があり、猫がそのほとりに横たわっていた。沼の向うに鉄路があった。恐るおそる家のめぐりをめぐりはじめると、寝室の窓に人の気配がした。ぼくと同じくらいの年の女が、一人で中にいた。だが昼寝でもしていたのか、右手の包帯が示す怪我で休息していたのか、彼女は気怠そうに起き出してきて、二人の奇妙な闖入者を迎えた。それでも彼女があくまでも穏やかなのは、自分の住まいのほうが絶対的に奇妙であることを、充分に知っているからだった、という気がした。

アドは自分のことをアムステルダム市立美術館員だと説明してから、昔ここに住んでいた画家のことを調べに東京から来たのだといって、ぼくを指差した。彼女は寝室にまでぼくたちを引き入れながら、家の構造を教えてくれた。その壁には、きみの作品を複製した市販の絵葉書が掛けられている。

１９８８年10月３日　ユトレヒト

女に別れを告げて、荒れた私道をとぼとぼと歩きながら、世界の果てのような小屋から世界へ、ぼくたちは戻りはじめた。女とのオランダ語の会話を、アドはぼくに説明してくれたのだが、そのあいまに彼は、「ほんとうに珍妙な場所だ」とか、「見たかい、あの女の眼のふしぎな光りかた」とかいって、くり返し溜息をついた。説明によれば、小屋のオーナーはフーゴー・ブラント・なんとかという、名のある作家だという。しかし彼は、この小屋を訪れたことはほとんどない。きみに又貸ししたジェリー・ジョイナーとの契約のあと、このふしぎな目の女とそのつれあいらしい男に貸した。

彼女たちが入ったとき、先住者のせいで家の中は荒れ果てていた。空の酒壜がたくさんと、なにも描かれていない紙の束がいっぱい出てきたという。鶏は百五十羽いたのが、いまは二羽になっている、と通訳しながら、アドは噴き出し笑いをはじめて、なかなかとまらない。二羽になって淋しいだろうと思って孔雀を一羽飼ったら、鶏が殺してしまったというんだ。それ以来猫は、自分も殺られるんじゃないかと怯えて、鶏から距離をとりながら、それでも一緒に暮しているというんだ。笑いながら、ぼくも頭を抱えた。

ポプラの幹の新聞受けまで戻って、《Achterdijk》の道路標識を背に写真を撮ってもらった。きみがここまで来たということを、とアドはいった。「ビルやウィリーが知ったら驚くよ。」

お返しにアドを立たせてカメラを構えると、はるか後ろの方にたむろする牛たちの影に、奇妙な形がひとつ混じっているのに気づいた。アド、あれは、とぼくはつぶやいた。

小さく二つ渦を巻いている眼鏡でふり返って、アドはじっと見ていた。広大な牧草地の遠い向うに、ゆっくりと移動している乳牛の群れがあった。その中の一頭の背が瘤になっている。頭だって、高く鉤形になっている。アドは眼鏡の柄に手をかけてから、あわてることもなく推論した。「たぶん、オランダで暮しているただ一頭の駱駝だろう。」

なんて特別なドライヴなんだろう、といいながら、帰途についた。途中、大きな水門の堤に車は停った。アドは水を見つめて、子供のころ、よくここで泳いだものだが、といった。すっかり変ってしまった、と眺めていた。ユトレヒトのカフェテリアで昼食をとる。

きみはところでいくつなの、とアドは聞いてきた。三十七歳です、と答えると、アドはお返しのように、「おやおや、二十歳も、私は年寄りなんだね」と手をひろげた。

１９８８年10月3日　アムステルダム

ドナルド、

ベノの家に帰ってくると二時半だった。アドからすすめられたとおり、ネーデルランド・ダンス・シアターの伝説のダンサー、イテケ・ヴァーテルボルクに電話をすることになった。

一人の部屋で、ぼくは気を鎮めた。Yteke とはきみのつくった国々の中でも特別の国、その国名と同じ名の女王が、実在の人物にほとんどかさなっているという特別の国なので、その国の発祥である彼女ととうとう言葉を交わすと思うと、きみの世界の中心に近づくような静かな昂奮が呼び醒まされた。

電話の向うで、イテケは歯切れのよいはずむような声で応答してきた。「ドナルドのことはいまも大切な思い出です。彼についてお話ができるなんて、なんて素敵なことでしょう。」

そして明日、イテケの家を訪ねることになったのです。

きみのつくった国のひとつBarcentrumについて、ウィリーの本には、それは国立美術館のそばのバー「セントルム」から由来していると書かれている。ときどききみは、内装をオレンジ色にまとめられたその空間に立ち寄って、飲みものを注文し、友人と語り合った、と。この数日間、ぼくはベノやアドに聞いたりしながらこのバーを探しつづけたんだが、見つからなかった。ところが昨夜、電話帳の中に一軒だけ、「セントルム・バル」というのを見つけた。

アルマンドの芝居が、今夕八時から。六時過ぎ、そのチケットを取りにクレイン・コメディ劇場に行って、そばのレンブラント広場に来た。広場の一角に「セントルム・バル」はあった。けれどもウィリーの「国立美術館の近く」という記述には合わない。昼間アドに聞いたところ、国立美術館とレンブラントの名が、どこかで入れちがった可能性を指摘された。いずれにしても、ぼくが探ったかぎり、「セントルム」の名のバーはアムステルダム市内にここ一軒しかないようだ。内装は、オレンジ色というよりも渋い橙色。

ドナルド、いったいここなのか、Barcentrumは。ぼくはテーブルでビールを飲みながら、店の中を見渡す。カウンターの中の、主人らしい中年男と目が合った。

VIJFTIEN IJ
TACHTIG IJ
VEERTIG IJ
TWINTIG IJ
TWINTIG IJ

1988年10月3日　アムステルダム

部屋に戻って横になったのがまずかった。ビールで仮眠が深くなり、しかもなぜか目覚しが作動しなかった。カイゼル運河沿いの石畳の道をほとんど疾走し、幕があがって十分ほどたっているはずのクレイン・コメディ劇場の暗がりに滑り入った。まわりにアルマンド、アルマンドという賞賛の囁きが聞えていた。東京で出会った画家は、大きな身体を関節のかすかな動きで運びながら演技していた。言葉はドイツ語で、さっぱり分らない。けれども、劇の構成そのものは単純で、質の高さも分った。ぼくはこの男の奇妙さを、じっと見つめた。芝居がはねると、ロビーに出てきたアルマンドを居残りの観客がとり囲んで、サイン攻めにした。人垣越しに合図を送ると、彼は小さな目でぼうっと見つめてきて、それから気がついて、歓声をあげながら近寄ってきた。

それから、小さなパーティーの中で立ち話をした。オランダ人なのにかつての敵国の廃都ベルリンにわざわざ移り住み、しかもこのたびはドイツ語でのコメディを故国に持ち帰る、そんな自身の屈折について、彼は語った。「私はスリリングなこと、危険なことが大好きなんだよ。」

そして彼はぼくを、ベルリンへ来るように、とつよく誘った。

1988年10月3日　アムステルダム

アルマンドと別れて、一人でまたセントルム・バルに。ベルリンにちょっと立ち寄らないか、あんなにスリリングなところはないよ、という乾いた囁きが、まだ耳に残っていた。

カウンターで、ジェネヴァを生(き)で飲む。酔いが早くまわる。お代りを注文するたびに、主人はこちらの表情を確かめるようになる。

ウィリーの本には芸術家の巣窟とあったが、蓮っ葉で頼りなげな連中がとりとめもなく騒いでいるだけの店だ。けれども主人の無駄口のなさが、ある気品をこの空間に与えている。それに、橙色の猫が一匹、カウンターに置かれたグラスや小皿のあいだをひっきりなしにすり抜けていく。いまも、これを書く手と葉書とを跳びこえ、ジェネヴァのグラスとぼくの胸のあいだを、触れもせずに通り過ぎていった。

「ベプというのよ、七歳の女の子」と酔っぱらった女の子がぼくにいった。

「可愛いね」というと、彼女は涙を流しそうになる。「だれもそうはいわないわ。ここでは私だけよ。私だけがベプに可愛いといってるわ。ほんとうにそう思う?」

ぼくはうなずく。橙色の空間全体が、ベプを溶かすようにぐるぐる廻っていた。

1988年10月4日　アムステルダム

電車で市街を東にはずれ、熱帯博物館に近いオースターパルク街に行った。静かな住宅街の、少し古典的で気品のある家で、女王イテケはぼくを待ってくれていた。結婚していて、小さな賢い男の子がそばにいた。

きみがはじめて観た舞台では、幕開きに声だけが暗がりに流れはじめた。子供のころ、どんな場所が好きでどんな遊びをしたかを、思い出すままにイテケが語りつづける声だった。

「それが北オランダの寒い冬のことだったので、ドナルドはYteteという国を北の寒い海の中につくったんだと思うわ」――そうイテケはいった。

きみの思い出がどんなに大切にされているか、よく分った。人が人の思い出の中に生きつづけるとはどういうことか。優しく美しく凛然とした女王イテケは、きみがどんなにたくさんの友情の網の目の中心にいたか、そしていまもなお透明な中心でありつづけているか、そのことを、静かに熱をこめて語ってくれたのです。

1988年10月4日　アムステルダム

あの最後の年の二月、イテケの誕生日にきみはこの部屋を訪れた。

彼女に捧げた作品が壁に掛かる部屋で、きょうも日は静かに暮れていった。

いつか、イテケは、声だけになっていた。美しい姿が目の前で、ドナルド・エヴァンズの思い出と本質を語っていたのに、それは声だけだった。ぼくはいま、自分が久しく恐れてきた闇の中に入り込んでいる、と思った。郵便ポストや電話の受話器のかくす空洞の暗がりが、いまここでは、かぎりなく優しいものとしてひろがっていた。「さようなら、タカシ。さようなら、タカシ。さようなら、タカシ」――その国の出口で、女王イテケは歯切れのよいはずむような声で三度くり返した。

「さようなら、イテケ。さようなら、イテケ。さようなら、イテケ」――彼女の澄みきった眼と透きとおるような頰を見た。

家の戸口を出るとき、おとぎの国を出るような気持がした。その国は、きみがつくった。

「セントルム」というバーの名は、イテケもよく知らなかった。けれどもきみがよく行ったと思われるカフェの位置を、彼女は地図の上に印してくれた。そこはレンブラント広場ではなかった。

ぼくは町の中心区に戻ると、そのカフェを探して歩いた。レインバーン運河のほとりにあるはずの店は、駐車場になっていて影もなかった。あちこちの建物の角の高いところに、通りの名前を示す金属の標識が貼りつけられているが、その脇に市の中心部であることを意味するCentrumの文字があり、気にしはじめるとやたらと目につくようになった。どこに行っても、中心、中心、中心、中心。

夜、また「セントルム・バル」へ。ジェネヴァを飲りながら、思いきってカウンターの中の主人に尋ねてみた。この店は開店して五十年、ドナルド、きみが来てからなら十六年になる。けれども、そんな画家のことは知らないと、ぼくの説明を聞いてから主人は静かに答えた。

1988年10月5日　アムステルダム

ドナルド、

ようやく雨が、雨のアムステルダムの雨が。

きみが好きだったというエジプトの女歌手のテープを探して街をうろつく。見つかるとは思っていなかった。ただ探し歩くことにだけ、心がはたらいた。

ところが運のいいことに、それはすぐに見つかった。人けのないシンゲル運河のほとりに「世界の果て書店」という看板を見つけて近づくと、その地下は「世界の果て音楽店」だった。熱帯博物館もそうだったが、アムステルダムには、世界のさまざまな「果て」が集まっていて、それがよく似合う。ドナルド・エヴァンズの作品に、世界のさまざまな「果て」が集まっていて、それがよく似合うように。

1988年10月5日　アムステルダム

ドナルド、
それからヴァーテルロー広場の蚤の市に行って、安いがらくたをいくつか買った。幾種類もの素描用ペンを入れたペンケースは、きみの持物だったのではないかと思えるような趣きをしている。それから、あの黒衣の老婦人の姿を探して歩いた。きみの「前生の母」の写真を。
おとといは、モリスタウンのジョーンに宛てて手紙を書いた。ドロシー・エヴァンズはどうしていらっしゃるのか、教えてほしい、という手紙だった。返事を、これから行くロンドンの友人のところにくだされば、と書いた。
降ったりやんだりする雨の中を、レンブラントの家に行き、それからもう一度、クロムボーム・スロート六三番地のきみの住んだ家の前に立った。雨の中、静かな水路をへだてて、その屋根裏階の窓の下にしばらく立っていた。

1988年10月6日　アムステルダム

友人が日本から来るので、ベノの家を出てウィレムセン氏の宿に戻ることになった。四日ぶりにベルタに会った。ベルタは優美な仕草でぼくの部屋に滑り入ってきて、ベッドにあがった。

夕方は、友人も一緒にベノの家での晩餐に呼ばれた。ベノとアレクサンダー、アドとアドの奥さんのテア、遅くなってから、エリック・ロースとその友人が来た。エリックから、イタリアはフィレンツェでのきみの行状、とくに台所におけるパスタにかんする行状を楽しく聞いた。そこできみは、二十五種類にも及ぶパスタの名前と形状を学習し、二十五の地方から成る自治州 Pasta を、パスタを茹でながら思いついた。

さて、ぼくたちのなごやかな夕食での話は、こんなふうにさりげなく、ドナルド、きみのこと、きみの仕事のことをゆっくりとめぐりつづけたのだが、アドが不意に、こんな考えを語りはじめた。

1988年10月6日　アムステルダム

「Achterdijkというオランダ語は、よく考えてみると、堤防のうしろ、という意味ではないように私は思うんだが、どうだろう、ベノ。ウィリーの本にもそうあり、私自身もタカシと実際に行ってみるまでは漠然と、堤防のうしろ、という意味にとっていた。けれども、achterという語には、最後の、という意味もあるよね。たとえばAchtergrachtといえば、それはつまり、アムステルダムのもっとも古い地区を中心にして外側へ、貝殻の模様のように、あるいは波の紋様のようにかさねられていく運河のうち、もっとも遠いそれを指すだろう。Achterdijkもまた、くり返し郊外に築かれていった堤防の、最後の、つまりいちばん果ての堤防、という意味ではないだろうか。」

ぼくはなにかつよい衝撃、しかし、世界について明晰な形式が与えられたときだけに感じる、つよくさわやかな衝撃を受けた。

1988年10月7日　アムステルダム

ドナルド、

友人を連れて、夜遅く、「セントルム・バル」に行った。ところが、どうだろう。主人もベプもいないのだ。ベプを可愛がっていた女の子もいない。代りに、ひどくアメリカナイズされた若者たちがカウンターの内をも外をも牛耳っていて、六〇年代のポップスがヴォリュームいっぱいにかけられているばかりだ。

とてもここは、Barcentrum ではない。夢を見ていたんだ。はじめから、そうではなかったんだ、とぼくは、傍らに友人がいるためにかえってひどく打ちのめされたものだ。中心からも果てからもへだたった、みじめな場所に、突然に投げ出されたというように。

1988年10月8日　アムステルダム

友人とともに、アドの家の昼食に招かれた。アドやテアと、今日でお別れかと思うと寂しくなる。それでなおさら、ぼくたちは楽しさをさらに掻き立てるように時を過した。思いがけずそこで、きみのお父さんとお母さんからの手紙を読むことになった。それは死後に市立美術館で開かれた、きみの個展にかんする礼状だった。手紙の終りには、Dot & Chick と署名が記されていた。

アドからはまた、こちらの新聞に出た死亡広告の写しも貰った。黒い囲みの中にきみの名前があり、死の日付と、あとはぼくには読めないオランダ語が短く並んでいた。「ドナルドの骨灰がどうしてアムステルダム沖に撒かれることになったか、よくは分らない」とアドはいった。「けれど、欧米のある種の人々にとっては、それは不自然なやりかたではないんだよ。」

きみ自身のかねての希望だったのか、お母さんの要望だったのかは分らないけれど、いずれにせよきみは、アムステルダム沖に微塵となって撒かれ、そこから北海へ、そしてさらには別の海へと、この世界の海洋をめぐりはじめた。

1988年10月8日　アムステルダム

アドは、スピーゲル運河のほとりまで車で送ってくれた。

自動車を降りて、「さて」と向き合った。

牛乳壜の底のようなアドの眼鏡の向うに、恬淡としていて繊細で、とぼけたようでいて、しかも優しく鋭い光を放つ眼があった。ぼくたちは握手をした。

「ドナルド・エヴァンズのことをもう一度思い出すことができて、とても楽しかった。とても。」

ゆっくりと、そうアドはいった。

ぼくは、感謝の気持をいいつくせない、と思いながら、別れの言葉をやっと口にした。

1988年10月8日　アムステルダム

夜、民宿でウィレムヤン氏と切手の話をした。むつかしい心臓の手術を控えているせいか、ウィレムセン氏の声は元気がない。でも、切手のこととなると独り言のように淀みなく話しはじめて——ほとんどがオランダ語で、とても分らないんだけれど、ともかくたくさんのコレクションを見せてくれた。

ぼくは、オランダの切手を見せてください、といった。ウィレムセン氏は気前よく、これもこれも持っていっていいよ、とストックブックからとり出してくれる。それは五十枚以上にもなった。

中に一枚、モノクローム写真によるふしぎな切手を見つけた。薄い明りの中、中世風の黒っぽい民族衣裳の老婆が蓋のついた鍋を両手にもって、じっと斜め前方を見つめて立っている。よく見ると、背景は波の静かに寄せている水辺である。きみが「前生の母」と信じて肌身離さずもっていた老婦人の写真は、ひょっとしたら、と思ったが。

日本に帰ってからの切手の交換方法を、ウィレムセン氏と話し合った。でも話しながら、成功の可能性は薄いという彼の手術のことを考えていた。

1988年10月9日　ベルリン

昨夜、ベルタはやはりまた、興奮して身をすり寄せてきました。お蔭であまり眠れなかった。彼女はぼくの緊張と身仕度とから、「出発」を察知するのにちがいありません。

汽車でアムステルダムを離れた。デュッセルドルフの空港のロビーで居眠りしながら空席を待ち、やがてドイツの夜に舞いあがったと思ったら、窓から眼下に、燈火で縁どりされた円環があらわれた。「東」と「西」とのあいだにつくられた無人地帯を見下ろしながら、火の環のような壁の円環の中に落ちた。そしていま、ベルリンの夜だ。アルマンドの誘いに乗って、とうとうベルリンにやって来た。

さっき、ライプニッツ街で食事をごちそうになった。彼はベルリンのことを次々と話してくれた。美術館はもちろん、壁のこと、チェックポイントのこちらとあちらのこと、その光景の奇妙さ。「ほんとうにきみと一緒に、あの壁のあたりを歩きたくてしようがないんだが」と彼は弁明した。「芝居の稽古があるんだ。」

ぼくはあの同じコメディを、今度はベルリンで観るという約束をした。「ここの観客はきっと、アムステルダムとちがってシニカルに笑うよ」と、アルマンド。

1988年10月10日　ベルリン

ドナルド、

歩いて歩いて、足が棒のように。シュプレー川、ベルリン動物園、ティーアガルテン、壁、壁そして壁。ブランデンブルク門近くのソビエト軍駐屯地の前には、銃を構えて微動だにしない衛兵たちがいて、傍らにはいつでも襲いかかれるという姿勢で、ドーベルマンか、軍用犬が二頭、こちらを窺っている。ここは西側なのに、へだてた道路を向う側に渡ることさえできない。

この六月十七日街にかぎらず、ここの道路は、横断するのに道の途中で二度立ち止まらなければならない。青信号が短く、道幅が馬鹿に広いからだ。

それから、ここのホテルの部屋の天井の高さはどうだろう。柱の大きさはどうだろう。階段の荘重さは。ぼくは大きさの感覚がすっかり狂ってきたよ。

１９８８年10月11日　ベルリン

アルマンドのすすめで、東ベルリンに入った。チャーリーと呼ばれるチェックポイントでは、東のマルクへの両替をさせられる。そのときの係の兵の、つっけんどんといったらない。しかも、陰気な検問が何箇所にもわたって行なわれるんだ。やっと通り抜けて、廃墟のままの東ベルリンを歩きはじめたときの気持は、これまでに経験したことがない。

完全に死んだ町かと思うと、ところどころで商売をしている。瓦礫の山よりも開店中の店を見るほうが悪夢に近づいていくようだ。ウンター・デン・リンデンもとてつもなく広い。だが、西ベルリン側のあの六月十七日街と本来なら直通しているということが、想像しにくい。

ペルガモン美術館で古代ギリシア・中近東の遺跡を見た。これも悪夢のようだ。ペルガモンの大理石祭壇やバビロンのイシュタル門といった巨大な古代遺跡が、復元されて丸ごと納められている。巨大な容れ物は、そのことだけで悪夢の構造をしている。さすが、アルマンドおすすめの観光コースだ、見事に悪夢、悪夢が廃墟のふりをして息づいている。

東のお金を使い果す義務のために、みんなが入る土産物屋はよしにして、ひっそりとした食料品店に入った。悪夢からのお土産として、パンとチーズと葡萄酒を買ったんだ。

1988年10月12日　アムステルダム

ドナルド、

ぼくの旅程を笑わないでほしい。ぼくはいま、またアムステルダムだ。ベルタの家の屋根裏部屋に身を寄せている。これからどうするのかって？　あしたはほんとうにここを離れる。船でだよ。

この旅はだんだん奇妙になる。明日の朝は早いので、ウィレムセンさんに別れの挨拶をしたところだ。枯れ葉が鳴るようにオランダ語をかさかさと話し募って、彼がいうことはぼくにはよく分らなかったんだが、中にわずかだけ英語が混じって、胸を衝かれた。「自分がなんであるかということを、きみは知っているかい」と突然聞えたんだ。それからまた、オランダ語になって独り言のようにかさかさとつづいた。

ああ、そして今夜のベルタは狂ったようだ。ぼくが眠りに落ちるとぶつかってきて起す。そのくり返しで、もう夜が明けようとしている。間もなく、ほんとうのさようならだ。

１９８８年10月13日　ベアトリクス女王号にて

ドナルド、

海への長い長い突堤。フーク・ファン・ホランド港を船出したばかりの客船ベアトリクス女王号は、まず航海の最初の眺めとして、その突堤の脇を固める大きな立方体のコンクリート製消波ブロックの打ちかさなりを見ながら進む。

ぼくはその中に見つけた、コンクリート・ブロックと同じ大きさの二つのサイコロを。これはなんという可憐な悪戯だろう。いったいだれが、きみの墓標をつくったんだろう。ドーヴァー海峡の日射しの中を船は進んだ。船は二千百人も乗れる大きなものだから、ほとんど波を感じない。それでもぼくは、揺すられている。ここに、きみと一緒に漂っている、と感覚している。夕方になれば、イギリスのハリッジに着港する。それから汽車でロンドンに行く。それから？　その先はどうか、楽しみに。そしてどうか、笑わないでほしい。

1988年10月15日　ロンドン

ドナルド、

ロンドンではイギリスの友人に会った。あらかじめぼくは、ブリストル海峡にあるあのランディ島について、手紙で尋ねておいた。彼女は調べてくれたことを話しはじめた。

「ランディ島の切手は一九二九年に発行されはじめたそうよ。でも、それには実際の価値はないの。国内郵便でも国際郵便でも、島から送るときはランディ島発行の切手を貼るけど、ちゃんとイギリスの切手も貼って送るの。結局は、蒐集家のための切手らしいわ。普通の切手のようには額面通りの価値がないのよ。一九二九年からいろいろな絵柄のものが発行されているけど、ほとんどがパフィン・バードだって。海辺の崖の上に止っている、ほら、あのペンギンみたいな小さな鳥よ。」

彼女はそれから、パフィンの恰好を真似て笑った。「いま調べたところではそんなところね。たしかにその島には切手があるわ。だけど、現実に使用できる切手じゃないの。」

それから彼女は、汽車の時刻と船の便と宿についての情報をくれた。「船は週に二便。イギリスに来てそんなところに行くなんて、あなた、完全に狂ってるわね。」

1988年10月17日　ロンドン

ドナルド・エヴァンズ、

きみが一九七七年に個展をひらいたヘスター・ファン・ロイエン画廊のことは、コラから聞いていた。しかし四月の不意の死によって、それは画家のいない展示になってしまった。

ぼくは思い立って、今朝、ファン・ロイエンさんに電話をしてみた。カートライト・ガーデンズの公衆電話から掛けたのだが、彼女はひどくあわてていた。ぼくの説明を聞くと、自分はいまから仕事でニューヨークへ出掛けるところで、いますぐに家を出なければ飛行機に乗り遅れてしまうことを告げた。ではあなたの画廊の住所だけでも、と尋ねると、思いがけない答えが返ってきた。その言葉は、意味をこえてきみの世界を指し示すものとして、いまもぼくの耳許に響きつづけている。

——That gallery does not exist anymore.

1988年10月18日　レッド・ロージィ号にて

ぼくがどこに行こうとしているか、もうお分りでしょう。一九六六年、二十一歳の誕生日を迎えようとしたきみが、恋人のフィービと一緒に行こうとしたあの島、渡ろうとして渡れなかったランディ島です。それは嵐に妨げられた。きみが足どめをくった小さな港町ビデフォードに、ぼくは向っている。パディントン駅を午後四時五十分に出て、暮れていくイギリスの田舎の景色を見ながら汽車は走った。ちょうど一年前の大嵐によって、ところどころで樹木がねじ曲げられたり、折れたりしている。ウェストベリーあたりで暖かくなり、雨が少し降った。エクセターで乗り換えた。おんぼろの三輛編成で、真中は家畜のにおいがする貨物車だ。おとぎの町のような名前の駅をいくつか、はげしい横揺れを我慢しながら過ぎた。

バーンスタプルで降りると、駅前は暗闇で、人の気配がないばかりか、灯りのついた建物もない。お蔭で夜空が晴れあがっていることがよく分った。やがて九時になるという時刻なのに、バスの乗り場が見つからなかった。街らしい方へ歩きながらようやく人を見つけて尋ねたが、別の国語のような訛り。ゴーストタウンかというようなバス停で待っていたら、小さな赤いバスが来た。レッド・ロージィという愛称らしい。

1988年10月18日　ビデフォード

レッド・ロージィは田舎の夜の中を一心不乱に走った。乗客は数えるほど。やがて大きな川に沿っていき、飾り気のない橙色の灯がまばらに川面に映りはじめて、川口の港町に入ったことが分った。橋を渡ると、ビデフォードだった。

運転手と客の青年が、きつい訛りでぼくの宿の方角を教えてくれた。川沿いの道から入った坂を上っていくと、閉店しているのにショーウィンドウだけが煌々と明るい店並みがつづいた。両側に、おもちゃみたいなセカンドハウスを売る店舗がつづいていた。オールシーズン・イン&レストランという名の小ぶりな宿のドアを押して入ると、いきなり仔馬くらいもある大きな犬がぼくを迎え、魂消てしまう。そこで、酒のグラスをもった青年たちがげらげらと笑い、くちぐちにウェルカムを叫んだ。聞くと、ウルフハウンドという種類らしい。宿の女将に案内されて、奥の扉を入ると、客室につづく階段下の狭い通路に今度はイングリッシュ・ポインターが坐っている。「これはウォーリー」と主人に紹介させながら、こちらの通過を睨んでいる。

三百年前の建築ということで、三階のぼくの小部屋は緑の樫の扉を傾かせていた。

1988年10月18日　ビデフォード

親愛なるドナルド、
もう少し、この宿の話をさせてほしい。二十二年昔の夏に、嵐の中できみが滞在した宿と、ひょっとして同じだったりするかもしれないからです。

どの部屋も、扉は濃い緑色にペイントされている。中に入ると黒い暖炉があり、その枠組は薄緑色に塗られている。暖炉の上には球形の貝殻が一個と、卵石が置かれている。たんなる旅籠のインテリアなのに、ほかのどの港町にもないと思わせる壊れた童話の雰囲気がある。

ロンドンの友人に電話を入れるために、ぼくは階下へ降りていった。ジョーンからの手紙は、まだ届いていなかった。

十時を過ぎるとレストランはパブに変る。カウンターで、にがいビールを飲んだ。主人はかつて船乗りだった。一年前に、この宿屋を買って転職した。七つの海を股にかけるのも、疲れることさ、と彼は笑った。いつからかぼくのそばに、ウォーリーが来て坐っていた。

1988年10月18日　ビデフォード

ドナルド、

この宿に置いてあるいくつもの観光パンフレットを見ると、とにかくおかしな気持になる。「ミニアチュア・ポニー・センター」には、普通よりずっと小さくつくられた、馬や牛や、山羊や羊、兎や豚やチャボ、水鳥、そして一番の花形のロバがいるんだそうだ。「ミルキー・ウェイ」というところでは、昔ながらの農場を、トラクターから台所まで眺めることができ、仔羊にえさをやったり、牛乳がどんなふうにできるかを見学できるんだそうだ。「ジャージー野生保護トラスト」のパンフレットには、絶滅の危険のある哺乳類、鳥類、爬虫類の写真が載っていて、彼らがやがて野生に戻れるまでサンクチュアリで保護する活動が語られている。「リンダフル・ワールド・オブ・アニマルズ&バーズ」は……、読んで字のごとしという場所らしい。

そして、《ランディ》。

1988年10月19日　オルデンバーグ号にて

ドナルド・エヴァンズ、

空は晴れあがった。ぼくのランディ島行きは嵐に妨げられなかった。この季節、週に二便しか出ない小さなオルデンバーグ号は、午前十一時半、ビデフォード港を出航した。港で切符を買うとき、壁にランディ島の案内ポスターを見た。「世界からまったく離れた世界」と謳われていた。

湾を出るとブリストル海峡。波ばかりがきらめく中を三時間ほど行くと、広いうてなのかたちをした島が、幻のように見えてくる。近づくとそれは、自然のこしらえた大きすぎる飛び箱のようにも見上げられる。

１９８８年10月19日　ランディ島

ドナルド、

なんという島だろう。なんという島を、きみは夢見たのだろう。南北に三マイル、東西に半マイルの縦長い形。全島が海面から四百フィートの高さで平たくひろがる花崗岩の台地。西に大西洋を眺め、東に王国を望む。いや、そこがひとつの王国なのだ。中世には海賊たちが占拠し、十七世紀の終りにはフランスの船団が略奪に来た。

それらの時代をへてきたわずかの建物——城、燈台、教会を廃屋のように残して、人口じつに二十数人、あとはただ羊たちのためにひろがる牧草地。

1988年10月19日　ランディ島

ドナルド・エヴァンズ、

ここでは家は家のようなもの。道は道のようなものでしかない。すべてが海風に吹きっ曝しで、交通機関は皆無だ。いやそれだからこそ、潮に灼けた家は家そのもののようで、野にまじる道は道そのもののようだ。

上陸して崖地を上りきると、ぼくは唯一軒あるレストラン兼土産物屋に入った。しかしすぐに閉め出された。二時から六時まで、店は閉鎖されるという。この一軒のほかに、入れる建物はどこにもない。ぼくにはさまようことしか許されていなかった。

気がつくと、バードウォッチャーらしい同船してきた連中の影は、すべてを見晴かせるような草地の上にも、あっという間に消え失せていた。

ぼくはマリスコの城への道を歩いた。草と岩と羊のほかはなにもなかった。空虚の中では、距離が失われる。城に至りつくまでに、海の烈風で五つの感覚はばらばらにちぎられ、心は空ろになった。

１９８８年10月19日　ランディ島

親愛なるドナルド・エヴァンズ、

　ぼくの愚かな旅を、どうか笑わないでほしい。十三世紀にヘンリー三世に建てられたというこのマリスコの城はとても小さい。島のだれかが暮しているらしく、中庭には洗濯物さえ干されている。そこに長椅子が置かれていて、腰掛けてこの葉書を書いている。ぼくは、手帖に挟み込んでいた一枚の葉をとりだした。大西洋の向うの大陸の、モリスタウンのきみの生家で摘みとってきた日本楓の葉だ。この三年間、ずっと持って歩いていたのさ。それを、ランディ島の廃れた城の中心に置いていこうと思う。あのオランダの黒衣の老婦人の切手をそこに貼って。

　きみが来ようとして来られなかった、世界でいちばん小さくて、世界でいちばん奇妙な王国の、潮風の舞う王城の中に。かなえられなかったきみのこの世での夢のひとつを、代ってかなえようと思ってきたぼくの愚かな旅を、どうか笑わないでほしい。

1988年10月19日　ランディ島

ドナルド、
一面に羊たちが放たれている中を、さまよっている。島は平らだが、果ては見えず、南北に踏破することは、帰船の時刻までにはできそうにない。羊たちのための低い壁が仕切られ、弱電流が流されている。ベルリンの壁を限られた地点で通り抜けるように、ぼくはそれを跨ぐ。壁を跨ぎつつさまよう。
崖の方へ近づくと、足下の岩穴から野兎が跳び出す。仰ぐたびに日は大きく大西洋に傾いていく。朽ちた砲台まで崖を下りると、砲筒の中に太陽をとらえることができた。パフィンはいない。さっきすれ違ったバードウォッチャーの話によると、パフィンがいるのは四月から八月まで、いまは別の海に渡っているという。これ以上、西の崖に沿って北へ歩くことを、日の高さを見てぼくはやめるところだ。影が、長くなってきた。

1988年10月19日　ランディ島

ドナルド、

ぼくの影はそれから、どんどん長くなっていった。三十メートルにもなったろうか。遮るものがないので、それは果てなく延びていくようだ。いくつかの、生々しい兎の死骸を見た。古い燈台の裏には小さな墓地があり、低い墓碑の陰から小型の犬が物凄い跳躍を見せたかと思うと、足下から野兎が逃げていった。ジャック・ラッセル・テリアは、歯を剝いて追っていった。

太陽は、大西洋に沈もうとしていた。ぼくはもう一度、恐ろしく長くなった自分の影を見た。ふり返って、羊たちの草を食む断崖の向うに、日没を待った。ひょっとして、と待った。それから、奇跡を見た。

よほど澄み切った海岸地方でなければ見られない大気中の稀れな現象、緑閃光。日が水平線に没し去る瞬間に、そこから、緑の光がひろがったのだ。

1988年10月19日　ランディ島

親愛なるドナルド・エヴァンズ、

夜遅い帰りの船の時間を待ちながら、レストランでこの大事な葉書を書いている。イテケにもベノにも、アドとテアにも、ビルにも横田さんにも、そしてベルタに宛てても、短い葉書を書いたところだ。レストランは、驚いたことに、郵便局でもある。ぼくはボーイのイアンという青年に、ランディ島の切手を求め、ランディ島の郵便制度についてくわしく尋ねた。そして驚いた。ロンドンの友だちの話とは重要な点で違っていたからだ。

パフィンの姿を絵柄にして、しかも「パフィン」を額面の通貨単位とする切手は、ここから送る郵便に、唯一実効力のある切手だった。一パフィンの価値は一ペンスに相当する。世界のどこへ送るにしても、内地の最寄りの港ビデフォードまでの分として、ぼくたちは必ず、十パフィンのランディ島の切手をレストランで購入して貼らなければならない。それは世界の側から見れば虚構の切手だが、ここではそれだけしか現実性をもつものがない切手なのだ。

イアンはひたむきに説明をつづけ、ぼくから葉書の束を受け取ると、ボーイから郵便局員に早変りし、ランディ王国だけの消印を押しに、二階の事務室へ駆けあがっていった。

1988年10月19日　オルデンバーグ号にて

親愛なるドナルド・エヴァンズ、

星が、星座をくずさないままに降るようだ。漆黒の闇の中の急な崖道を伝って、オルデンバーグ号の停泊する入江へと下りていった。途中、足下にまとわりつく猫があらわれた。踏みそうになると、素早く数メートル先へ下り、また足にからまる。引き留められているのか導かれているのか分らない、夢の境でのような歩みがつづいた。

ようやく入江に降りると、ひそひそと話しながら艀を待つ乗合客たちが、すでに、影のように立っていた。猫はいつか消えていた。

ぼくはぼくの郵便物を積んでいるはずの船に、彼ら見知らぬ影とともに、艀から乗り込んだ。それが、いまゆっくりと波を分けはじめると、星はいよいよ降りかかってくるようだ。

さようなら、ドナルド。ぼくはいま旅立ったところだ。世界へ、世界から。すべてはまるで違っていて、親しいドナルド、ぼくにもすべてがあたらしい。

ノート

ドナルド・エヴァンズは一九四五年にアメリカのニュージャージー州に生れ、一九七七年にオランダのアムステルダムで死んだ画家です。この画家の作品はすべて郵便にかかわるものでした。彼は現実の切手とよく似た切手を描いたのです。それらは蒐集用の黒いストックシートに並べられ、あるいは、葉書や封筒に貼られて作品化されました。

しかし、これもまた絵描きの仕事であることにはちがいありません。彼の仕事には、古くからの職人的手仕事の要素と、芸術の概念を揺さぶる現代的な方法意識とが、微妙なかたちでからみあっているといえるでしょう。対立する要素の併存は、なにに由来するのでしょうか。

ドナルド・エヴァンズは、これらの作品が同時代の芸術のシーンとあからさまにかかわることを求めませんでした。もちろん彼は、自分の仕事が同時代の芸術の中でもちうる意味や位置のことを考えつづけたにちがいありませんが、それでも、まわりを見ることよりも自分の生み出していく世界の波動の中へ、より深く集中していきました。

ところで、それは自分だけの狭い世界に、ということだったでしょうか。ある人々には、他人を拒絶した狭隘な小世界としか見えないかもしれません。けれども私には、その閉じられたように見える世界はじつはひろびろと息づいている場所で、現実の世界とつづいていてしかもそれを解き放とうとしている対の世界に感じられるのです。

十余年前に、私はそのときすでに創造主を失っていたこのもうひとつの世界へ入っていこうとしました。これらの通信は死んだ画家へ向けて書かれたものですが、それだけではありません。彼が両方ともに属した対の世界の、両方の人間や動植物、両方の風景や事物に、同時に配達されるはずのものだったのです。

こうして私は、多くの日々をドナルド・エヴァンズの影とともに過しました。

そのあいだ、この通信に一人ずつ身近な死者の影を書き込むことにもなりました。私の通信の時間がそうやって死の影に覆われていくにつれ、けれども、彼に宛てる葉書はつかのま重たく宙に舞い、もうひとつの世界に届くこともなく地に散らばってしまったようです。

ここに収録される葉書は、一九八五年から一九八八年にかけてドナルドに宛てて書かれ発信された百八十六通のうち、十余年をへた最近になって、いくつかの場所から散乱状態で、また部分的な欠損をともなって見つけ出されました。これらをできるかぎり復元し、再度日付の順番に並べ直したものが本書です。それでもおよそ四十通が欠落しました。発信者は、それら失われた葉書こそは、ドナルド・エヴァンズの世界に届いたもの、と信じたいようです。

平出　隆

二〇〇一年三月

感謝とともに——

Shigeru Yokota
Bill Katz
Willy Eisenhart
Benno Premsela
Thea & Ad Petersen
Yteke Bakker-Waterbolk
Joan Potts

Belta Willemsen
Chibi & Nana
Michiyo Kawano

Ikuo Hasegawa
Naoki Yamauchi
John Ashbery
Tomoyuki Iino
Eric Brown

Armando
Alexander Lichtveld
Ellen & Elsbert Willemsen
Friso Broeksma
Erik Roos
Lizzie Slater
Prue Isobel Moodie
Morgan O'hara
Goro Ito

Mari Kawasaki
Yuki Akamatsu
Ikumi Kato
Shuhei Yamagami
Akemi Kaneko
Kyoichi Miyaura
Yukio Mitsumatsu
Etsuko Moriyama

散文の理念、可能態としての詩

解説
三松幸雄

一　詩作の「はじまり」へ

今日のいわゆる世界文学の文脈において、平出隆という作家は、おそらく小説『猫の客』（二〇〇一年）の書き手として最も広く認知されつつあるのかもしれない。同書はこれまで二十を超える言語圏に翻訳されており、母語を異にする読者たちからのさまざまな反響は、例えばデジタルメディア上で容易に確認されうる。諸言語をまたいで多くの読者を得ている要因として、原文に由来する節度ある文体の読みやすさや、人間と小さな動物との日常的な交感を描いてゆく物語の親しみやすさなどが挙げられるだろう。他方で、現状の世界文学を制約している政治経済的な条件に目を向ければ、グローバル資本主義の覇権言語と化している「英語」圏への翻訳（二〇一四年）と、そこでの書評メディアにおける軒並みの高評価が、各国文学の担い手たちの関心を集め、以後の比較的短い期間に実現された矢継ぎ早の翻訳を後押ししたことも推察される。

この『猫の客』の原著に四か月ほど先立つ同年、『葉書でドナルド・エヴァンズに』の初版単行本が刊行されている。ただし、後者の原形が雑誌に連載された期間はそこから十余年前まで遡り（一九八六〜八八年）、連載前の八四年暮れには、やがて『伊良子清白』（二〇〇三年）に結実する紀行と探索の旅もはじまっていたという。八五年には詩の時評を中心とした評論集『攻撃の切尖』を公刊、二年後には自由詩形と散文からなる作品『家の緑閃光』が編まれている。九二年には評論集『光の疑い』、翌年の『左手日記例言』では散文形式へと大きく振れ、二〇〇〇年には定型韻文の器に言葉を留めた歌集『弔父百首』が上梓されている。

作家としての平出隆は、自らそう語ってきたように、何よりもまず詩人である。その初期の活動は、詩誌の版元「書紀書林」を稲川方人・河野道代とともに運営することからはじまり、つづく詩集『旅籠屋』（一九七六年）、『胡桃の戦意のために』（一九八二年）、詩論集『破船のゆくえ』（一九八二年）などにより、詩人としての階梯を歩みつつあった。しかしやがて、右に述べた時期に顕著なように、詩と散文、韻文、小説、伝記、紀行文など、異質な文形式やジャンルに相渡りながら、それらが複雑に絡みあう次元を経由し、狭義の「詩」を領分とするのとは異なる仕方で、自らに固有の文体ともいうべきものを会得していったように見える。

この新たな文体化の精錬は、同時代の社会との関係によって歴史的に規定されてもいる。評論集に収められた初期の文章は、若き平出が当時「戦後詩」と呼ばれていた状況の内部で活動していたことを示している。だが、その頃すでに戦後詩の「終わり」が語られつつあったことも繰り返し言及されている。

戦後詩とは、「おそらく一瞬のうちの国家の崩壊と、その裂け目から出発した詩」である、と若き平出は語る。その持続に賭けられていたのは、戦後の再出発を経て見出され、実現された「詩がもつ初原のつよさ」を、現在において引き受け、別の「はじまり」へと転位させることであった（「詩史の射程」一九八〇年）。そして「いうまでもなく、それはまず過去との絶縁であ」り、「戦前の詩の書法からの隔絶を自分の詩作のうちに確かめ」る作業をともなうものであった（「見切られる戦後詩」一九八三年）。

伝統や慣習的実践との断絶への指向は、モダニズム芸術に共通する特徴であるが、戦後詩の企ては、すでに平出の先行世代をして、言語の意味論構造や有機的秩序の解体へと踏み込ませていた。例えば、平出の最初期の批評「宙吊りの詩と行為」（一九七二年）で論じられている天沢退二郎は、自己の作品行為を「詩の不可能性」へと推し進めていった詩人の一人である。

二　複数の「はじまり」、その分身

戦後詩の歴史性が、平出隆の初期作品を、例えば統辞法の面から規定している。この歴史的地平は、しかし、別の詩作の「はじまり」を可能にする条件でもあった。そのためには、「かつてのはじまりに呼応するかたちで自分の詩を〔…〕はじめてみせなければならないだろう」（「見切られる戦後詩」）。言い換えれば、「詩がもつ初原のつよさ」を、異化された仕方で取り戻すのでなければならない、ということである。過去の地平が、予測不可能な仕方で現在と干渉しあうところで、行為は未来へと創造的に企投されうる。歴史性のこのカイロス的な構成は、芸術に固有のものではなく、時間という事象それ自身の自己超越的な動性に根ざしている。

かくして、詩集のはじまりは、詩的現在の「はじまり」のための決定的な場（トポス）となりうる。そして文字通りに、第二詩集『胡桃の戦意のために』が「はじまり」への呼びかけから、つづく第三詩集『若い整骨師の肖像』（一九八四年）が「（はじめの光景」と題された擬－観察文から、それぞれ書き起こされているのは偶然ではない。いずれも、「詩がもつ初原のつよさ」を、作品それ自体の初原において詩作する試みである。

1

晴れやかな地下鉄道。晴れ渡って涯てしない壁。日を繋いでいく轟くばかりの鋼の祈りに、ひと刷毛の雲が掛かって、はじまりよ、それがおまえの巣。

（『胡桃の戦意のために』）

（はじめの光景

水の泡が滾りたつていびつな火の粉となつて散つている巖のあいだに、死んだばかりの水母の影に憑かれたまま、一組の手袋が旋回していた。十本の指は、あるものは折れまたあるものは縒れながら、それぞれがありとある方角を差し照らそうと努めていた。だが観察では、いずれの指の先にも半壊の星たちさえいなかつた。そこで私は、さらに瞳を凝らしていつた。〔…〕

（『若い整骨師の肖像』）

これらの断片は、いずれも、ひとつの作品をどのようにはじめるかという問いに対する文字通りの応答であり、二つの詩集のあいだで反復され、別の姿をとって現われた同じ〈はじまり〉の分身である。

二つの異なる断片の自同性は、それぞれの冒頭部での撞着語法（オクシモロン）を用いた分節によって形式的に示唆されている。つまり、前者での、日の光に満ちた上空への明け開けと、空間を遮蔽する都市の人工物との節合――「晴れやかな地下鉄道。晴れ渡って涯てしない壁。」――そして後者での、「火」を鎮めるはずの「水」から「火」の粒子が散っていくという、汎自然的な元素が自らの摂理に逆行する運動の記述がそれである。

他方、意味論的な側面では、いずれも具象的なイメージや判明な理解を与えるものではなく、ゆえに近現代のとりわけ実験的な詩歌と馴染みのない初読者にとって難解な詩文であるには違いない。だが、恣意に陥ることのない書字と読みの可能性をもたらすための組成は張りめぐらされている。前者では、例えばハ行音の変化が刻むリズムが詩行に固有の音韻論的な型を与えており、後者では、「観察」文を擬態した散文が、「明晰に」脱臼されて別様に整えられた詩的テクストのありようを予告している。これらは、自由詩の体制（レジーム）から帰結した規範的次元の相対化から距離をとり、作品に自律的な秩序をもたらす試みでもある。

そして、二つの断片は、それらが編み込まれたテクスト全体とともに、戦後詩の状況をくぐって詩人に見出されつつあった洞察のありかをも体現している。すなわち、断片が詩行であり、かつ散文であるということ、そして詩性（ポエジー）が、他ならぬ断片性によって内的に区切られている、ということがそれである。

詩であり、散文であるところの、断片的な言語。
そのような、いわば〈詩－散文〉の断片性によって区切られたテクストのはじまり、その三度(みたび)の現われに、ひとは『猫の客』の冒頭でめぐり合うことになるのかもしれない。

　はじめは、ちぎれ雲が浮んでいるように見えた。浮んで、それから風に少しばかり、右左と吹かれているようでもあった。

（『猫の客』）

　この短い段落は、小説作品のはじまりとして読むかぎり、端正な散文の一節として現われる。けれども、例えば作家の文業の歴史的推移に内在する観点からは、先行する二つの詩集の〈はじまり〉の変奏として経験されうる。そのとき、この小説のはじめの光景は、一行の詩として、その潜在的な姿を現わすことになる。
　読みを難渋に滞らせる修辞技法はここにない。しかし、二つの詩集のはじまりが、相反する要素の撞着語法(オクシモロン)からなっていたのと呼応するように、この小説のはじまりは、文法カテゴリを共有する二つの文の鏡像的な交叉(キアスム)からなっている。いずれも、二折の谿をなす形象である。ただし、前者の修辞が意味論の水準で不協和な軋みをあげるのに対し、後者の写生文では、読点で区切られた短い副詞句（「はじめは」「浮んで」）からはじまり、空中に漂う元素（「雲」すなわち水あるいは空、そして「風」）に準えた直喩を経て、終止形「た」音の韻を踏む、というカテゴリの並行配置が、文章に見通しのよい透明な響きを与えている。

ここでは、戦後詩あるいは現代詩の実験性と抽象性を帯びたかつての詩行が、清らな質感を湛えた具象的な散文に変貌しているかのようである。それでも、ここから綴られていく『猫の客』の散文は、潜在する〈詩－散文〉の断片性ゆえに、小さな文の欠片（かけら）で織られ、軽らかに綴じられた詩行のつらなりとしても読まれ、経験されているはずである。

三　詩学への遊歩

このような言語の探究は、平出隆が詩学と名指すことになる思索と研究によって導かれている。関心の起こりは「「詩学」と「詩論」」（『攻撃の切尖』所収）などで素描されているが、やがてその核心部分は、「詩の理念を散文とする」というテーゼにより、最も簡潔な定式化を得るように思われる。ただし、その二律背反的な含意において——ゆえに、理念としての詩は、潜在的に、散文の理念でもある。あるいは、「高次の詩としての核心を、醒めきった散文的形姿の中に根づかせる」こと。それは、詩性（ポエジー）を文形式としての散文体に還元することではないし、行分け散文による詩という「自由詩の矛盾観念」（朔太郎）を散文詩形のもとで等閑に付す類の現代詩でもない。むしろ、その理念性において、それは

「詩を超える可能態としての詩」という、つねに自ずから変容しつつある「形式未成」（鷗外）の動きにある。だが、発生を捉える概念が不可避に孕む逆説（パラドクス）ゆえに、文形式の分類をめぐる近現代のドクサから絶えず逸せられてしまう。しかも、そこでの来たるべき詩作の理念は、ときに言語という媒体からさえ離れて、「もろもろの芸術のなかにまじって存在する散文」として予感され、探索されている。この詩学に支えられた実作が、現代詩という領野への同化から離れ、例えば河原温との遠隔－協働（テレ・コラボレーション）や加納光於との共作のように、美術との境を歩んできたゆえんでもある。のみならず、遊歩は狭義の芸術からも逸れていく。「さらには蝶の言語であり、獣の言語であり、天使の言語である。予言としての言語である」（『遊歩のグラフィスム』二〇〇七年）。より近年になると、複素数構造などを範としながら、詩と散文の関係は「反転」や「廻転」という形式とともに考察され、「いわば心の一般原理の徴標」のもとで捉え直されている（『Air Language program』二〇二〇年）。このような詩学の深まりが、古井由吉との対話や、ベンヤミンの言語哲学、ノヴァーリスによる学問の準代数的な基礎づけ、数学と情緒をめぐる岡潔の思索など、多方面にわたる研究と渉猟に支えられていることも付記しておこう。

透明な文体で綴られた、散文にして詩行である作品たちが、詩形の古代と未来を宿した種子の探索とともに書き継がれているということ。こうした詩学への関心は、平出隆の文学を、少なくともその核心において分有するに際し、重要な契機となるはずである。

四　空中の本、言葉の球戯

言葉の潜在的な断片性は、本書『葉書でドナルド・エヴァンズに』の全篇で、散文をのせた一枚の葉書を一頁の紙面で区切るという既成（レディメイド）の秩序によって方法的に制御されている。また、画業を介して以外まみえる機会のなかった死者に向けての言葉は、読み手に伝えることを目指す書簡体の性格と相まって、その散文に礼節と親密な語感を与えている。

書簡体の形式は、同書の原形が私的に書き起こされる前年、『若い整骨師の肖像』を代補する体裁の文章でも採用されている。評論集『攻撃の切尖』の巻頭に置かれた同題の実験的テクスト（一九八四年）であるが、手紙の宛先は姫蜂という人間ならざる生きものである。同じ書簡体が、人間的な他者と非人間的な他者にそれぞれ宛てられているわけだが、虚実の別にかかわらず、存在論的かつアニミズム的に、双方の他者を異種化する原理は何もない。詩人は、ある対話の中で、「本能によって生き方を工夫する昆虫みたいに、自分を感じるときがあります」と述べている（『詩学への礎』二〇一三年）。『若い整骨師の肖像』で試みられている、小さな生きものたちへの「視点」の受肉と人称横断的な変身は、切手大の画面に対（つい）の世界を描き、その小さな世界に棲まう画家の心身への情動的な共振と無縁ではありえない。本書のとある葉書の中で反復される散文、ただし二度目は句読点法によって詩化されてもいるその散文は、自他の境に開いた極小の透過孔へと生を引き寄せる情動の存在論的なベクトルを暗示している。「小さなものから微細なものへ、微細なものから極微のものへ」。

さらに、葉書で送られるという文学の形式は、およそ十年後にはじまる郵便物の姿をした本、via wwalnuts 叢書における執筆・造本・出版の実践を、著者にも与かりえぬ仕方で秘かに準備していたといえなくはない。そして、葉書や手紙という物質的に薄い媒体が、その表面に文字をのせ、送り手から手放され、郵便制度を経由し、あたかも空中を移動するようにして、受け手に届けられるということ。書物の実践を「空中の出版行為」たらしめるこのプロセスが、数多の球戯のそれと相似た軌道を描いていることは、この作家にとって恣意的な類比ではないといわねばならない。「弄球家（ベース、ボール、マン）」の先駆者でもあった正岡子規に倣うかのように、野球（ベースボール）を「天職」とするプレイヤーとしての平出隆は、関連書籍もいくつか上梓しているが、例えば『ベースボールの詩学』（一九八九年）を繙くと、冒頭に「鳥はほとんど完全な球形である」との銘句が置かれ、中盤には人間ならざる猫 cat が人間の捕手 catcher に変容する挿絵が戯れに引用されている。同じ変容と圧縮は、郵便物にも生じているはずである。葉書や手紙は、言葉をのせて放たれる夢の球体——言球（コトダマ）——であり、空中を行き交う鳥たちの分身である。同書の後半、折口信夫を引きながら述べているように、「ボールとは、ここでは「たま」であり「たましい」である」。そして「「うた」」は、「「時あつて姿を現す」」言霊（ことだま）が往来する境のあたりに発生する。

葉書は、空中を行き交う極小の本である。そして、言葉を伝える空、古代ギリシア語でアイテール αἰθήρ とも呼ばれた大気の広がりは、近年の詩人が取り組んでいる Air Language program を包む地球のエーテルでもある。

葉書でドナルド・エヴァンズに Ｉ
crystal cage 叢書　2013年

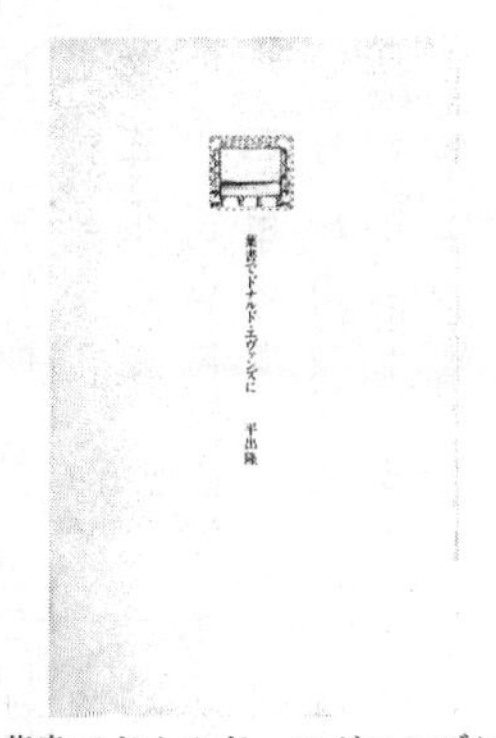

葉書でドナルド・エヴァンズに
作品社　2001年

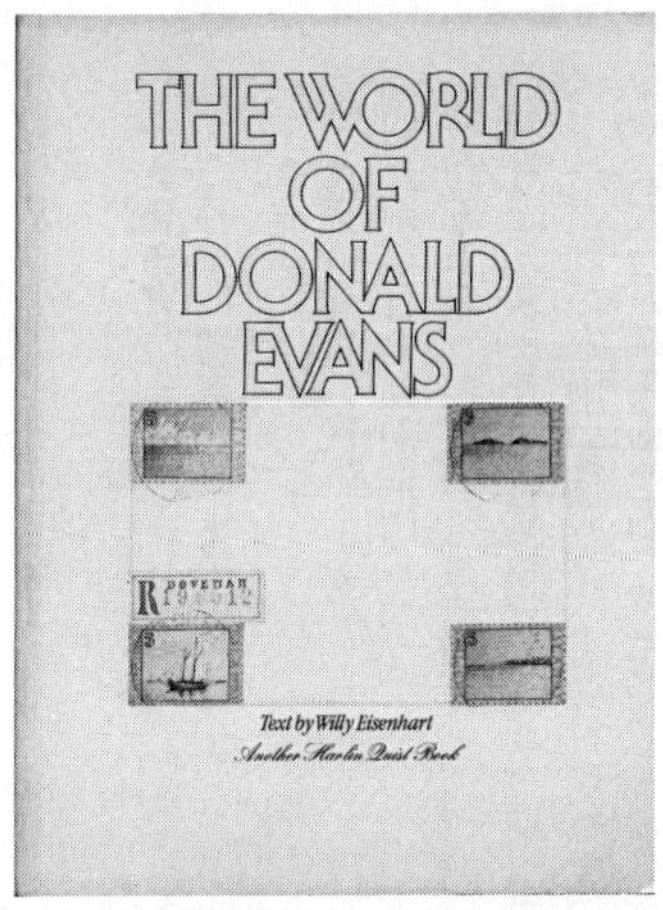

THE WORLD OF DONALD EVANS／Willy Eisenhart
A Harlin Quist Book　1980年

年譜——移動篇

平出 隆

一九五〇年 〇歳
十一月二十一日、福岡県門司市大里御所町（現・北九州市門司区大里戸ノ上）の母方の祖父母山本保雄・文宅に生れる。父恍一、母和子。住まいは関門海峡を望む国鉄職員向けの「観峡寮」。

一九五二年 二歳
三月、門司市新原町の国鉄官舎に転居。

一九五三年 三歳
十一月、柳川の叔父の家に遊び、御花や白秋詩碑を訪ね、川下りなどする。

一九五四年 四歳
十一月、八幡市黒崎熊手町の長屋に転居。

一九五五年 五歳
十一月、門司市大里永黒の永黒市営アパートに転居。

一九五六年 六歳
四月から日の丸幼稚園に通う。

一九五七年 七歳
四月から萩ヶ丘小学校に通う。幼少期、海水浴は山陰の安岡、綾羅木、黒井村に行く。一度は大分の津久見の海に遊ぶ。

一九五九年 九歳
十二月、門司駅前に近い柳公団住宅に転居。

一九六〇年 一〇歳
正月休みに鳥取の大山スキー場に行く。

一九六一年　一一歳
正月休みに家族旅行で長野の善光寺、群馬の湯檜曾、祖父種作の住む東京の上中里へ。四月、戸ノ上山の山裾の大里柳小学校に転校。夏休みに平出家の親族旅行で阿蘇の草千里へ。

一九六二年　一二歳
五月、修学旅行で中津、宇佐、別府、高崎山、耶馬渓へ。八月に家族で上京、平出家の親族旅行で日光へ。

一九六三年　一三歳
四月、福岡学芸大学（現・福岡教育大学）附属小倉中学校に入学し、西鉄の路面電車で門司駅前から西鉄北方線の北方新町に通う。七月下旬、津屋崎海岸での臨海学校で宮地嶽神社の門前町の土産物屋に泊る。

一九六四年　一四歳
七月下旬、津屋崎海岸での臨海学校で宮地嶽神社の門前町の土産物屋に泊る。

一九六五年　一五歳
四月下旬、修学旅行で大阪、奈良、京都へ。

一九六六年　一六歳
三月、数人の友人と泊りがけで柳川へ。四月、県立小倉高校に入学し、西鉄の路面電車で門司駅から戸畑線の日明に通う。

一九六七年　一七歳
四月下旬、春の修学旅行で長崎、雲仙、島原へ。十一月上旬、秋の修学旅行で三瓶高原、出雲、松江、広島へ。

一九六九年　一九歳
二月、私立大学二校を受験するため上京、合格。三月初旬、全共闘運動の煽りで京都大学受験に切り替え、六角堂近い旅館に泊る。キャンパス封鎖のため試験会場が近畿予備校となり、機動隊に守られつつ受験、不合格。浪人を選択し、小倉高校に併設の予備校に入る。魚町で途中下車し、映画館に通う。八月、映画をまとめて観るために上京。途中、京都で下車、鴨川の河原で状況劇場の日本列島南下公演を観劇。東京では亀戸の叔父の家に居候し、新宿、池袋などの映画館をわたり歩く。

一九七〇年 二〇歳

上京して一橋大学を受験。亀戸に居候後、帰郷。合格し、三月末から渋谷区本町の学生下宿に住む。最寄り駅は京王線幡ヶ谷駅。西武多摩湖線一橋学園駅の一橋大学小平キャンパスに通うはずが、神田一橋の新聞部に通う。のちに松本竣介の油彩画にその小屋を見出す。四月から美學校細密画教場にも入学したため、神田神保町界隈にも通う。八月、門司に帰省、月末から九月初めにかけて、普通急行と青函連絡船で函館、さらに札幌へ。網走、斜里、知床、摩周湖、阿寒湖、弟子屈、納沙布岬、登別、札幌。十月中旬、中央本線経由で下り、京都と小倉の友人宅に泊る。歳末に北九州に帰省し若松の河野玄先生のお宅で飲み、帰途、山陰の黒井村駅で覚醒。

一九七一年 二一歳

父の転勤で、三月から実家が宮崎市曽師町になる。四月、北九州と京都の友人宅を泊り歩く。五月、京都、北九州を漂蕩。夏、新聞部の先輩大西祥一を誘って帰省の途次、大阪吹田の叔母の家、北九州の祖父母の家に泊り、宮崎の実家に滞在。

一九七二年 二二歳

一月前半、帰省先の宮崎から北九州へ。三月末から杉並区阿佐谷南の木造アパート二階に住む。六月中旬、北九州漂蕩後、宮崎へ。さらに北九州、京都を経て帰京。七月末、積荷監視のアルバイトで横浜港埠頭に停泊中の英国船に泊り込む。八月中旬、門司へ、さらに宮崎へ、また門司へ戻り九月十日まで滞在。

一九七三年 二三歳

三月から、実家が北九州市門司区清見の国鉄アパートになる。四月から国立キャンパスに通う。

一九七四年　二四歳

八月初め、出口裕弘ゼミで伊豆に合宿。伊東で河野道代、稲川方人、その旧友と遊ぶ。神戸を経由して帰郷。十月から翌年にかけて、八王子市、新潟県の弥彦村その他の自治体の広報誌の取材アルバイトで各地を歩く。

一九七五年　二五歳

三月、門司区大里奥田に実家が竣工、帰省。以降、帰省先として今日に至る。七月下旬、帰省先から大牟田、柳川へ。八月初旬、帰京。

一九七六年　二六歳

二月、宝川温泉に泊る。三月、山口哲夫、稲川方人、大西祥一と語らい「草野球団ファウルズ」を創立、以来、松ノ木運動場、和田堀公園野球場に通う。四月、共同印刷株式会社に入社し、七月半ばまで小石川に通う。退社後、九月からフリーランス編集者として、編集室のある飯田橋に通う。この頃、結婚式に招かれ、山形天童へ行くために初めて飛行機に乗る。

一九七七年　二七歳

歳末から正月にかけて帰省、久留米の古賀忠昭を訪問。三月初旬、稲川方人、河野道代と山口哲夫由美子夫妻の家に泊り、早朝阿佐ヶ谷駅を発ち長岡へ、さらに来迎寺の山口屋へ雪見行。五月中旬、京都へ。十一月初旬、山口哲夫と飲み流れて西八王子の山口宅へ。

一九七八年　二八歳

四月下旬から杉並区成田東の古い一軒家を借りる。五月初め、河出書房新社に入社し、すぐに結婚、地下鉄で南阿佐ケ谷から住吉町へ、倉庫内の社屋に通う。六月、スペイン旅行でマドリード、グラナダ、バルセロナへ。十二月三十日、門司に帰省。

一九七九年　二九歳

一月、河出書房新社の社屋が千駄ケ谷に移

る。北鎌倉に澁澤龍彥を訪ね、以後担当編集者として通うことになる。二月上旬、小田原市中里に川崎長太郎を訪ね、以後担当編集者として通うことになる。八月上旬、豊橋を経て、伊良子清白の旧居を鳥羽の小浜に訪ね、安乗岬に至る。冬、法師温泉に遊ぶ。

一九八〇年 三〇歳

三月中旬、法事で袋井に行く。

一九八一年 三一歳

一月初旬、門司からの帰京ルートを変え、小倉、鶴崎、坂ノ市、佐賀関から船で佐多岬の三崎へ渡る。松山で道後温泉に泊る。四月初旬、鶴鉱泉、上野原に遊ぶ。七月中旬、お台場など、東京湾に社員旅行。十月十日前後、大牟田経由で、門司に帰省。十月下旬から十一月上旬にかけて、再三、名古屋に出張。十一月四日、澁澤龍彥の泉鏡花賞授賞式に出席するため空路にて金沢へ。

一九八二年 三二歳

一月、古井由吉や周辺の編集者と湯ヶ島温泉に遊ぶ。七月七日から一週間、唐十郎の取材に随行してパリへ。九月上旬、シンガポールへ旅行。

一九八三年 三三歳

四月、唐十郎の取材に随行して長崎へ。七月一日から十二日まで、アメリカ旅行。ニューヨークとクリーブランドに滞在。九月、北九州市立美術館での加納光於展のために帰郷。加納光於、長谷川郁夫などの一行を門司和布刈の枕潮閣に案内。

一九八四年 三四歳

五月上旬、家族旅行と小沢書店の社員旅行を併せ、司修、中島かほるも加わった十三名で対馬に旅行。厳原、上見坂、小茂田濱、椎根、竹敷、和多都美神社、海神神社、峰、佐護、鰐浦、比田勝など。七月七日、品川から京浜急行に乗り、三浦海岸駅へ。法政大学三浦荘で粟津則雄、古井由吉、吉増剛造、菊地信義と歌仙を巻く。九月下旬、歌仙のつづきで伊豆天城高原の河鹿沢へ。十二月下旬、清白の足跡を調査しに大阪港天保山、島根の浜田へ。

一九八五年　三五歳

一月、門司からの帰京ルートを変え、伊良子清白の足跡を調査しに大分の臼杵と大分市内へ。三月下旬、清白の調査で鳥取へ。五月、河出書房新社の編集と自身の執筆と草野球チーム運営との三つの業務を兼ねる事務所を千駄ケ谷の国立能楽堂のそばに開く。七月十二日、羽田から空路で那覇、那覇新港から玉龍丸で宮古、石垣を経て基隆（キールン）に上陸。台北、台中、大渓（たいけい）、台南にて清白の足跡調査。九月一日から十一月末までアメリカのアイオワシティにて、アイオワ大学インターナショナル・ライティング・プログラム（IWP）の客員詩人として、学生寮メイフラワー・レジデンスホールに住む。九月、メンバーと共にアマナ・コロニーやデモインに遠足。下旬、バスの日帰りでひとりシカゴにシカゴ・カブスの試合を観に行く。十月下旬、空路セントルイスに行き、ワールドシリーズ三試合を観る。十一月初旬、日本の詩祭を見物がてら、スペインの詩人ルイス・J・モレノとニューヨークに遊ぶ。十一月中旬、妻をシカゴに出迎える。プログラム終了後の十二月は国務省の調整により通訳付きの二週間の旅行。ボストン、クーパースタウンを経由してドナルド・エヴァンズの友人・縁者を訪ねてニューヨーク市とニュージャージー州モリスタウンを探訪。フィラデルフィアとニューヨークではシャイブパーク、エベッツフィールド、ポログラウンズ、エリジアンフィールドなど失われた野球場を探索。十二月二十日からワシントンDCに七泊。ボルチモア、ニューヨーク、アレクサンドリアに日帰り。大晦日にアムトラックでワシントンDCを出発、アメリカ大陸横断旅行へ。

一九八六年　三六歳

アムトラックで、ニューオリンズ、ナッチェズ、ヒューストン、ロサンジェルス、シアトル、サンフランシスコと周り、一月二十二日、帰国。二月中旬、下部温泉へ野球合宿。チーム名が「野球団ファゥルズ」から「クーパースタウン・ファウルズ・ボールクラブ」（CFBC）となる。九月一日、世田谷区梅丘の屋敷の離れに転居。十二月二十日、CFBCの合宿で老神温泉へ。

一九八七年　三七歳

一月中旬、長谷川郁夫、エリザベス・フロイド、稲川方人、河野道代と河津七滝に遊ぶ。二月下旬、札幌、稚内、留辺蘂、置戸、釧路、帯広を朗読公演で巡行。三月初旬、CFBCの合宿で波崎へ。四月下旬、伊良子清白の足跡調査のために、信州上田に行き、長谷川郁夫らと別所温泉。六月下旬、仕事で箱根、比叡山、高野山を巡行。七月下旬、祖母文の逝去で門司に帰省。八月上旬、澁澤龍彦の逝去で、北鎌倉にて通夜、大船に宿り、翌日の告別式と火葬に参列。

一九八八年　三八歳

一月末、山口哲夫の危篤の報で東松山の病院へ駆けつけ、近くのホテルに泊る。二月から五月末の逝去まで、見舞いと詩作の慫慂で頻繁に東松山の病院に通う。五月二十九日の深夜、訃報を受けて長谷川郁夫とタクシーで東松山へ。通夜・葬儀の準備を手伝う。六月下旬、長谷川郁夫、河野道代と上梓された山口の全詩集を届けに森林公園の山口宅へ。翌日、興長禅寺を経て、新潟来迎寺の山口屋に泊り法要のあと、ゆかりの出雲崎へ。九月下旬、アムステルダム、ロンドン、ランディ島の旅行へ出発。アド・ペーターセン、ベノ・プレムセラ、イテケ・ヴァーテルボルクその他の友人たちに会う。民宿とベノの家に交互に滞在。偶然再会したベルリン在住のオランダ人画家アルマンドに強く誘われて、デュッセルドルフから空路西ベルリンへ。ベンヤミン生家の界隈、ティーアガルテン、動物園、東ベルリンに入ってペルガモン博物館などを探訪。アムステルダムを出てフック・ファン・ホランドからドーバー海峡を渡る。ロンドンのパディントン駅からバーンスタプルまで列車で行き、バスでビデフォードへ。ビデフォードから渡ったランディ島で緑閃光を見る。

一九八九年　三九歳

五月十日、東京から福岡経由の空路にて対馬の厳原に入り、十二口、白嶽登山口、竜良山、豆酘、佐護と対馬を歩く。十四日、御岳に登頂。比田勝に泊し、十五日、航空自衛隊の許可を得て海栗島に渡る。鰐浦に戻り、祖父種作を知る扇家を訪問。十六日、福岡経由で門司に帰省、十九日、帰京。六月八日から大リーグ観戦旅行。ニューヨーク、クーパースタウン、トロント、シカゴ、ロサンジェルス、サンフランシスコ。十月下旬、ダイエーホークス新監督にインタヴューのため、福岡へ。十二月中旬、CFBC納会で熱海へ。下旬、伊良子清白の調査で、浜田へ。山口の長門峡を経由して帰郷。

一九九〇年　四〇歳

四月から非常勤講師として多摩美術大学八王子キャンパスに通う。六月中旬、東北放送の仕事で仙台へ。七月初め、袋井にて法事。七月末、東北放送のドキュメンタリー番組「七色の変化球」のリポーターとして、若林忠志の孫娘サラさん、藤村富美男氏に会いに甲子園へ。さらに伊良子清白の調査で松阪、三瀬谷、打見、大台町へ。八月下旬、世田谷区豪徳寺のマンションに転居。九月中旬から下旬にかけて「七色の変化球」の海外ロケに参加、ハワイ、ロサンジェルス、シカゴ、クーパースタウン、ボストンなど。十二月初め、東北放送の仕事で仙台を経由し、姉の結婚式のため北九州へ帰郷。

一九九一年　四一歳

四月から多摩美術大学助教授として八王子キャンパスに通いはじめる。五月中旬、NHK・BS放送の俳句野球試合のため、CFBCで松山へ遠征。七月十日前後、伊良子清白の取材で松山を経由して宇和島、蔣淵、遊子へ。八月初め、妻の親族と有馬温泉に遊ぶ。十月下旬、バット材ヤチダモの取材で札幌経由帯広へ。

一九九二年　四二歳

一月中旬、CFBCの合宿で九十九里浜へ。五月中旬、新入生合宿で山中湖へ。七月二十一日から八月五日まで手術のため杏林大学病院に入院。九月初旬、研修旅行で花巻大沢温泉に泊る。中旬、学務で名古屋出張。十一月中旬、名古屋へ。

一九九三年　四三歳

一月中旬、嵯峨塩温泉に遊ぶ。下旬、CFBCの合宿で富津へ。二月十三日から三月十四日まで、学生およそ四十名を引率して旅行社企画のヨーロッパ旅行。アテネ、ミラノ、ヴェネツィア、ウィーン、ベルリン、アムステルダム、ブリュッセル、パリ、マドリード、ロンドン。四月下旬、新入生合宿で山中湖へ。七月中旬、ゼミの研修旅行で京都徳正寺と鞍馬温泉へ。祖母の七回忌のために帰郷。十一月末から十二月初めにかけて、北九州市民文化賞受賞のために帰郷。

一九九四年　四四歳

一月末、CFBCの合宿で千倉へ。二月下旬から自動車による通勤となる。四月下旬、新入生合宿で山中湖へ。八月末、福岡を経由して、京都、吉野へ研修旅行。十月、取材で大阪の堺へ。

一九九五年　四五歳

三月初め、ゼミの研修旅行で伊豆多賀へ。中旬、母の古稀祝いと中学の同窓会で帰郷。広島高宮にコーンズが造成中のドリーム・フィールドに呼ばれて、廃校などで野球合宿。五月中旬、新入生合宿で山中湖へ。六月下旬、帰省し、広島経由で帰京。八月上旬、パラグライダー初心者教室に入り、舞子高原へ。八月末から九月初め、門司経由で広島の高宮へ。CFBC遠征としてドリーム・フィールド落成の記念試合のあと、地元の温泉で打上げ。九月十一日、河原温展で講演のため、フランクフルト経由でケルンへ。講演後、レンタカーでアーヘン、ボン、アイゼナッハ、エアフルト、ベルリンを巡行。十月初旬、ゼミの研修旅行で「奥の細道」の黒羽、那須、白河を歩き、北温泉、泉崎に泊る。

一九九六年　四六歳

四月初め、井上迅の結婚披露宴で京都徳正寺に泊り、門司に帰省。五月中旬、新入生合宿で山中湖へ。下旬、夭折したCFBCの選手の四十九日法要で富津へ。七月中旬、祖父山本保雄百歳の祝いで帰省。月末、大学学務で名古屋に出張。十月末、ゼミの研修旅行で「奥の細道」の須賀川、飯坂を歩く。

一九九七年　四七歳

三月十日、修善寺へ。四月から九月まで十五回、「言語表現」の講義のために平塚看護専門学校へ通う。五月中旬、新入生合宿で山中湖へ。五月十九日、葉山に仕事場を借りる。十月十六日、赤瀬川隼と企画し、豊田泰光、稲尾和久の協力を得ての平和台球場でのCFBC対西鉄ライオンズOB戦が実現し、十五日から福岡に逗留。十八日、豊田泰光と新幹線で帰京。十一月上旬、ゼミの研修旅行で「奥の細道」の白石、仙台、松島を歩く。

一九九八年　四八歳

三月下旬、池永正明投手復帰試合のために門司を経由して豊北町（現・下関市）へ。豊田泰光、赤瀬川隼、CFBCと合流しての遠征となる。一九九八年度のサバティカルでベルリンを選び、五月十六日出国。飯吉光夫の紹介でヴァルター・ヘレラーゆかりのベルリン文学コロキウムに仮住まいし、六月初めからツェーレンドルフ区デュッペル街に住む。六月八日、妻と猫が渡独してくる。七月下旬、大家夫妻の提案により彼らの車でゲルゼンキルヒェンに旅行。九月上旬、プラハに旅行。下旬、ウィーンとグラーツに旅行。十月下旬、フィレンツェ、サンジミニアーノ、シエナに旅行。十一月半ば、ドレスデンに旅行。下旬、ハンブルクに旅行。十二月上旬、アルマンド美術館オープンの式典のため、アメルスフォールトへ。さらにブリュッセル、ブリユージュに旅行。中旬、バンベルク、ヴュルツブルク、ローテンブルク、ニュルンベルクに旅行。

一九九九年　四九歳

一月初旬、ワイマール、イエナ、アイゼナッハ、エアフルトに旅行。中旬、ローマ、ポンペイ、ナポリに旅行。二月中旬、ヴェネツィア、パドヴァ、マントヴァ、ブレーシャ、デゼンツァーノ・デル・ガルーダ、ヴェローナ、ヴィツェンツァに旅行。月末、ミュンヘンに旅行。三月上旬、ロンドンに旅行。中旬、エッセン、ドルトムント、アムステルダムに旅行。二十日前後、コペンハーゲン、スヴェンボウに旅行。下旬、ケルン、デュッセルドルフに旅行。四月初め、クラクフ、アウシュヴィッツ、ワルシャワに旅行。十日前後、マルセイユ、ポルボウ、イル・シュル・ラ・ソルグに旅行。下旬、パリ、ソミュールに旅行。五月十四日、帰国。六月中旬、門司に帰郷中、父再入院。七月、父の危篤で帰郷。小倉の病院に通う。二十二日逝去。葬儀の夜、母親も骨折で倒れ、長い逗留となる。八月五日の澁澤龍彥十三回忌のため帰京、北鎌倉へ。十三日、法要で門司へ。二十五日の法要を終え、二十六日の田村隆一一周忌のため帰京、鎌倉へ。九月三日から父の法要その他で門司へ。十日、帰京。十月下旬、法要と納骨で袋井へ。十一月下旬、ゼミの研修旅行で、「奥の細道」の石巻、登米、一関、厳美渓、平泉を歩く。

二〇〇〇年　五〇歳

一月中下旬、福岡空港経由で帰省。五月下旬、名古屋を経由し袋井で法事。その後、鳥羽へ行き市立図書館で調査。七月下旬、父一周忌で袋井へ。清白調査で三重県津の県立図書館を経由して榊原温泉泊。伊良子止を見舞いに鳥取へ。さらに門司へ帰省。八月中旬、対馬に渡り、浅茅湾に船を出し散骨。福岡への学務出張をふくめ八月下旬まで故郷に滞在。十月末から十一月初めにかけ、ゼミの研修旅行で「奥の細道」の一関、鳴子温泉、山刀伐峠、尾花沢、立石寺を訪ねる。

二〇〇一年　五一歳

五月中旬、新入生合宿で山中湖へ。七月下旬、袋井で父の三回忌のあと、海の博物館を見学に鳥羽へ。九月上旬、茨城県天心記念五浦美術館と六角堂を観に、五浦へ。下旬、法事で帰省。十月末から十一月初め、ゼミの研修旅行で「奥の細道」の立石寺、尾花沢、大石田、新庄、最上川、羽黒山を訪ねる。

二〇〇二年　五二歳

三月四日、帰省。十日、笠岡市に寄り、木山捷平文学賞授賞式に臨む。八月末から九月初め、ゼミの研修旅行で「奥の細道」の最上川から羽黒山を歩き、月山の山小屋に泊す。大晦日から正月二日まで帰省。

二〇〇三年　五三歳

一月下旬、CFBCの合宿で越生へ。四月前半、門司経由、博多港から比田勝行の船で対馬へ渡り、鰐浦に取材。門司、大牟田を経て帰京。四月下旬、新入生合宿で山中湖へ。六月下旬、国立市の新居に転居。十月下旬、鳥取に伊良子正を見舞い、大阪に義父を見舞う。二十七日、義父逝去。大阪での通夜・密葬に参列。十月末、ゼミの研修旅行で、「奥の細道」の鶴岡、酒田、象潟を訪ねる。十一月、告別式のため大牟田へ。

二〇〇四年　五四歳

三月中旬、帰省。三月二十五日から四月九日まで、ヨーロッパ旅行に出る。コペンハーゲン、パリ、カブール、モン・サンミッシェル、レンヌ、ルーアン、パリ、ミラノ、マッジョーレ湖、ブレッシア、ベルリン、コペンハーゲン。ミラノで長澤英俊を訪問。ベルリンの森鷗外記念館で自作朗読。四月下旬、帰省。四月末、祖父山本保雄の逝去で帰郷。六月下旬、帰省、京都で仁和寺、龍安寺へ。八月上旬中旬、帰省、大牟田で義父の法要。十月初め、奈良へゼミの研修旅行。下旬、義父の一周忌で大牟田へ。十一月九日、ベルリンから来日したベアーテ・ヴォンデと公開対談のため、帰省。下旬、大牟田へ。門司からの帰途、母とその友人を連れ、妻と四人で金刀比羅宮に若冲を観に行く。

二〇〇五年　五五歳

五月八日から十八日まで、「芸術新潮」のドイツ特集で北ドイツを取材。コペンハーゲン、デュッセルドルフ、ケルン、ハンブルク、ゼービュル、ズュルト島、キール、シュヴェリン、リューゲン島、グライフスヴァルト、ベルリン、ドレスデン。ケルンでは、ロング・インタヴューのためにゲルハルト・リヒターのアトリエ兼住居を訪問。カスパー・ダヴィッド・フリードリヒ、エミール・ノルデゆかりの地や、北海からバルト海沿岸の十七基の灯台を訪ねた。六月上旬、伊良子正を見舞いに鳥取へ。七月、袋井市での父の七回忌のあと、母、姉、甥、妻の五人で浜松に泊る。新居の関所と本興寺を訪ね、豊橋で散会。八月、人間ドックを兼ねて帰郷。大牟田に寄り、山鳥の剝製を持ち帰る。九月中旬から下旬にかけて、オーストリア・ハル・イン・チロルでの文学祭シュプラッヘザルツに大江健三郎をゴッドファーザーとして参加。その後、インスブルックのジャコムッツィ夫妻宅に滞在中、インスブルックの高校で『葉書でドナルド・エヴァンズに』のリーディングを行う。また、フフンツ・マルク展を観にミュンヘンへ。十月中旬から下旬にかけて鳥羽市を経由して帰省。十一月、パウラ・モーダーゾーン゠ベッカー展を観に仙台へ。

二〇〇六年　五六歳

三月下旬、学務で京都大学へ出張。四月下旬、新入生合宿で山中湖へ。五月下旬、中京大学での英文学会シンポジウムに参加のため名古屋へ。八月初め、学事で名古屋に出張。八月末から九月初めにかけて帰省。十一月下旬、帰省。

二〇〇七年　五七歳

五月中旬、八王子上恩方にて新入生合宿。九月上旬、山中湖合宿。門司に帰省直後の十一月二十二日、稲尾和久の葬儀参列のため福岡へ。十二月上旬、山中湖合宿。

二〇〇八年　五八歳

二月二十八日から三月四日まで、手術のため東京慈恵会医科大学附属病院に入院。三月末、伊良子清白の家移築問題で鳥羽へ。四月下旬、清白調査で鳥羽へ。六月下旬、清白調査で伊勢神宮内宮、鳥羽小浜、大台町、打見へ。門司へ帰省。八月十日前後、鳥取曳田の正法寺を経由して門司の法事へ。下旬、ゼミの研修旅行で小田原へ。九月下旬、鳥羽へ。九月末から十月上旬まで、東アジア文学フォーラムで韓国のソウルへ。講演のため、莫言（モー・イエン）とともに壇国大学へ。さらに春川（チュンチョン）へ。十一月上旬、講演のため北九州へ。

二〇〇九年　五九歳

二月末から三月初めにかけて、義母の逝去で大阪へ、さらに大牟田へ。三月上旬、講演のため鳥羽へ。四月中旬、太宰府を経由して、大牟田での法事。七月下旬、伊良子清白の家開館式参列のため鳥羽へ。八月初め、帰郷。中旬、法事で大牟田へ。九月上旬、ゼミの研修旅行で鳥羽の小浜、答志島、安乗岬へ。十一日、大牟田での義父の七回忌に参席。十二月中旬、MIHO Museumで若冲展を観て、清白ゆかりの宇治の浮舟園に泊る。宇治観光のあと、北九州市立文学館での行事で帰郷。

二〇一〇年　六〇歳

二月下旬、法事で大牟田へ。三月中旬と四月下旬、東アジア文学フォーラムの準備会議で北九州へ。六月、還暦同窓会で帰郷。七月下旬、東アジア文学フォーラムの準備会で北九州へ。八月初旬、三重県立美術館での講演のため津へ。下旬、北九州市立文学館での行事で帰郷。九月初旬、ゼミの研修旅行で奈良の香久山、法隆寺へ。中旬、京都と鳥羽へ出張。十月末、講演のため北九州へ。十二月上旬、東アジア文学フォーラムに参加のため、北九州へ。大里柳小学校六年二組で授業。

二〇一一年　六一歳

二月下旬、法事で大牟田へ。三月中旬、東アジア文学フォーラムの報告会で帰郷。十六日、大震災直後で、卒業式前日の大里柳小学校六年二組を訪問。via wwalnuts 叢書『門司ン子版ボール遊びの詩学』の遅れと一人ずつへの送付を約束。生徒から合唱を贈りものされる。五月下旬、山中湖にて新入生合宿。七月下旬、父親の十三回忌で帰郷。九月下旬、鎌倉に泊り、かまくらブックフェスタに参加。十月上旬、メリーゴーランド京都でのvia wwalnuts 展及び徳正寺での井上迅とのトークのために、学生たちと上洛、徳正寺に泊る。黄檗の萬福寺を経て奈良へ移るが、風邪で多摩美術大学の飛鳥寮に寝込む。十月下旬、ふたたび京都の via wwalnuts 展へ。十一月上旬、via wwalnuts 展を観て奈良の正倉院展へ。法隆寺を訪ねて京都へ戻り、永観堂、市立美術館など歩く。十二月中旬、北九州市立文学館での定例行事で帰郷。

二〇一二年　六二歳

三月中旬、京都から奈良へ行き、二月堂のお水取りを観る。五月初旬、神護寺、西明寺、高山寺、詩仙堂、金福寺、下鴨神社の流鏑馬などを観る。十一月下旬、伊藤ゴローとの公演《GLASHAUS × CRYSTAL CAGE》のために名古屋へ。さらにゼミの研修旅行で京都へ行き書店めぐり。十二月中旬、北九州市立文学館での定例行事で帰郷。

二〇一三年　六三歳

九月末から十月初め、名古屋、伊勢神宮内宮に行く。十一月中旬、ゼミの研修旅行で京都へ行き、芸艸堂を見学。十二月中旬、北九州市立文学館での定例行事と母を介護施設に入れるため、帰郷。

二〇一四年　六四歳

一月中旬、清白の木斛忌のため鳥羽へ。三月上旬から中旬にかけてニューヨーク・ソーホーのゲストハウスに滞在し、河原温宅訪問。ティボール・ド・ナギ画廊を訪問し、ウィリアム・カッツを三十年ぶりに訪問、crystal cage 版『葉書でドナルド・エヴァンズにI』を献呈。ディア・ビーコンの河原温の作品調査でビーコンへ。十九日、ビルからエヴァンズ作品 Domino を贈られる。三月末から四月初め、帰省。五月下旬、実家の家財を整理するため帰省。六月上旬から下旬にかけて、チューリヒ、ザンクト・ガレン、ベルン、ケルン、ベルリン、フランクフルトの美術館・博物館に調査旅行。七月上旬、海女文化研究プロジェクトのため、鳥羽市相差町に泊り、神明神社、海女小屋などを視察。八月三日、北九州市立美術館で講演のため帰郷。

博多に一泊し、大牟田で法事。九月中旬、材木座のゲストハウスに一泊してかまくらブックフェスタに参加し、加納光於と公開対談。十一月末、ゼミの研修旅行で金沢へ。十二月中旬、市立文学館の行事と講演のため北九州へ。

二〇一五年　六五歳

一月中旬、伊良子清白の木斛忌で鳥羽へ。橋本平八、北園克衛の調査で伊勢へ。二月中旬、義父・義母の法事で大牟田へ。二十四日、河原温展を観に京都へ。三月下旬、京都で、翌日《バーネット・ニューマン　十字架の道行き》展の取材でMIHO Museumへ。三月末、金沢に遊ぶ。四月、ニューヨーク市のアッパーウエストサイドのゲストハウスに滞在し、四日間、セントラルパークを横切ってグッゲンハイム美術館の河原温展に通う。河原夫人を訪ねる。五月下旬、八王子上恩方にて新入生合宿。二十五日から九泊で、ドイツとベルギーへ調査旅行。ベルリンでカスパー・ケーニヒを訪問して取材。また、ズールカンプ社を見学。ベルギーのゲントへ行き、ドント・ダーネンス美術館で《ON KAWARA 1966》展。ゲント観光のあとブリュッセルに滞在。九月下旬、富山へゼミの研修旅行のあと、瀧口修造の墓所を訪ねる。十月、鎌倉でかまくらブックフェスタの出店をし、小田原文学館での川崎長太郎展の準備をして鎌倉に泊す。翌日、講演。三十日から十一月三日まで京都、北九州、大牟田、姫路、神戸へ。十二月中旬、市立文学館の行事のため北九州へ。

二〇一六年　六六歳

一月下旬から二月初旬、コロンビアの文学祭Hay Festivalに招かれる。南米へ向う機内に急病人が出て、サンフランシスコに緊急着陸、ヒューストンに泊る。メデジンとカルタヘナに滞在し、多くの読者に会う。二月二十一日から、ノルウェーのオスロに滞在。詩人のルネ・クリスチャンセン、小説家のモナ・ヘフリングの夫妻と識り合う。二十七日、ロンドンに移動し、大英図書館でのイベントにて講演。マンチェスターでも講演。ロンドンに戻り、キングスクロス近くのゲストハウスに滞在。三月五日、帰国。三月下旬、小倉高校の同窓会で大阪と神戸に遊ぶ。四月上旬、京都嵐山に遊ぶ。下旬、新入生合宿で山中湖へ。五月初旬、ドイツのプフォルツハイムでの文学祭シュプラッへザルツに参加。続いてルネ・モナ夫妻の斡旋によりヴェネツィアのゲストハウスに五泊する。六月中旬、小倉高校同窓会総会での講演のため大阪へ。十九、二十日、ゼミの研修旅行で青森へ。青木淳設計の青森県立美術館を詳しく見学。十月九日、かまくらブックフェスタで講演。十月下旬、カナダ・トロントでの国際文学祭に参加、国際交流基金トロント日本文化センターで［AIRPOST POETRY］展を開催し、講演。十一月中旬、京都は修学院離宮、東福寺、石峰寺、奈良は春日大社、法隆寺を訪ねる。大阪の友人宅に泊り、箕面大滝を見る。十二月、市立文学館の行事のため北九州へ。

二〇一七年　六七歳

一月初旬、畠山直哉展を観に仙台へ。二月中旬、鳥取県立図書館へ伊良子序（はじめ）の講演を聴きに行く。鳥取から奈義町現代美術館を経て美作温泉に泊る。四月下旬、新入生合宿で山中湖へ。五月中旬、小倉高校創立記念日の講演で帰郷。六月上旬、ゼミの研修旅行で飛驒高山へ。七月上旬、神戸芸術工科大学での特別講義のため、神戸へ。八月、ノルウェーの現代美術館ヴェストフォッスン・クンストラボラトリウムのスタジオに妻とともに一カ月居住。ルネ・モナ夫妻と親交を深める。滞在中の数日、オスロに遊ぶ。中旬、ベルゲンを観光しフォス、グドヴァンゲンを経てフロムに至る。フロム鉄道に乗る。九月一日、帰国。十一月下旬、市立文学館の行事のため北九州へ。

二〇一八年　六八歳

五月下旬から六月初旬にかけて、リレハンメルでノルウェー文学祭に参加。七月下旬、八幡の画廊オペレーションテーブルでの講演のため帰郷。八月、ノルウェーのヴェストフォッスン・クンストラボラトリウムのスタジオに単身で一カ月居住。帰途、フィンランドに寄り、国立図書館、ヘルシンキ大学図書館などを見学。十月下旬、ゼミの研修旅行で京都へ行き、サイアノタイプとコロタイプを体験。十一月上旬、富山で講演のあと、飛騨古川、白川郷へ。十二月上旬から、北九州市立文学館での行事で帰郷。

二〇一九年　六九歳

六月初旬、ゼミの研修旅行で京都便利堂のコロタイプ・アカデミーを受講。八月末から九月初めにかけて、立教大学校友会九州支部での講演のために帰郷。十月、北九州、柳川、大牟田、岡山、豊島、直島、倉敷、奈義町と旅行。十一月、瀧口修造／加納光於展を観に、富山へ。さらに金沢、京都と美術館を歩く。十二月、名古屋で途中下車し、市立図書館で講演を聴き、門司に帰省。久留米で坂本繁二郎の家、青木繁の家を訪ね、大牟田へ。

二〇二〇年　七〇歳

五月と六月、国立、国分寺散策をくり返す。十一月、「東アジア文化都市２０２０北九州」の企画で、『雷滴 その放下』をテキストにした鈴木ユキオの舞踏作品「HÔKA」を北九州芸術劇場で観るために帰郷。

（著者編　ver.1.0.0）

著書目録

平出　隆

【単行本】

詩集　旅籠屋	1976・5	紫陽社
破船のゆくえ	1982・5	思潮社
胡桃の戦意のために	1982・11	思潮社
若い整骨師の肖像	1984・10	小沢書店
攻撃の切尖	1985・8	小沢書店
家の緑閃光	1987・11	書肆山田
ベースボールの詩学	1989・2	筑摩書房
光の疑い	1992・11	小沢書店
左手日記例言	1993・6	白水社
ON KAWARA: Erscheinen-Verschwinden ＊（「瞬間の革命――言語としての河原温」所収）	1997・3	Maly-Verlag
弔父百首	2000・7	不識書院
葉書でドナルド・エヴァンズに	2001・4	作品社
猫の客	2001・9	河出書房新社
ベルリンの瞬間	2002・4	集英社
伊良子清白	2003・10	新潮社
ウィリアム・ブレイクのバット	2004・6	幻戯書房
多方通行路	2004・7	書肆山田
雷滴　その研究	2007・9	書紀書林

（詩：平出隆、インタリオ：加納光於）

遊歩のグラフィスム　2007・9　岩波書店

鳥を探しに　2010・1　双葉社

雷滴　その拾遺　2010・10　via wwalnuts叢書

澁澤龍彥　夢のかたちI　2010・11　via wwalnuts叢書

澁澤龍彥　夢のかたちII　2010・12　via wwalnuts叢書

精神の交通のあたらしい場所　2011・1　via wwalnuts叢書

雷滴　その放下　2011・11　via wwalnuts叢書

門司ン子版　ボール遊びの詩学　2011・4　via wwalnuts叢書

言語としての河原温　2011・4　via wwalnuts叢書

雷滴（特装版／普及版）（詩：平出隆、インタリオ複製：加納光於）　2011・7　via wwalnuts社

胡桃だより1　左岸へ　2011・10　via wwalnuts叢書

カフカの泣いたホテル　FOOTNOTE PHOTOS 01　2012・1　via wwalnuts叢書

アクテルデイク探訪　FOOTNOTE PHOTOS 02　2012・4　via wwalnuts叢書

「文藝」編集後記集I　2012・9　via wwalnuts叢書

「文藝」編集後記集II　2012・10　via wwalnuts叢書

詩学への礎——真理　政治　歴史I＊　2013・1　via wwalnuts叢書

葉書でドナルド・エヴァンズにI　2013・9　crystal cage叢書／東京パブリッシング・ハウス

詩のあらわれをめぐって＊ 2014・10 via wwalnuts 叢書

ELEMENTA reliqua I 2015・3 via wwalnuts 叢書

小田原の花見+随行＊ 2015・4 via wwalnuts 叢書

降るものと生るもの＊ 2015・5 via wwalnuts 叢書

若い整骨師の肖像（はじめの光景 エリック・セランド訳） 2015・7 via wwalnuts 叢書

美學校の周辺＊ 2015・8 via wwalnuts 叢書

ドゥイノ・エレギー第1歌＊（ライナー・マリア・リルケ著、古井由吉訳、平出隆改行） 2016・2 via wwalnuts 叢書

ドゥイノ・エレギー第2歌＊（ライナー・マリア・リルケ著、古井由吉訳、平出隆改行） 2016・6 via wwalnuts 叢書

ドゥイノ・エレギー第3歌＊（ライナー・マリア・リルケ著、古井由吉訳、平出隆改行） 2017・9 via wwalnuts 叢書

私のティーアガルテン行 2018・9 紀伊國屋書店

言語と美術——平出隆と美術家たち＊（「言語と美術」展図録） 2018・12 DIC川村記念美術館

友愛のひそかな魔法——ドナルド・エヴァンズ頌 2019・3 via wwalnuts 叢書

加納光於考——《セルペンティナータ》に寄せて 2019・10 via wwalnuts 叢書

キーファーに逆らつ 2020・4 via wwalnuts

て——飛行と秤量のための擬ソネット　叢書

Air Language program（「最終講義＝展 Air Language program」図録）　2020・12　多摩美術大学芸術学科

【選詩集】

平出隆詩集（新鋭詩人シリーズ1）　1977・12　思潮社

平出隆詩集（現代詩文庫）　1990・5　思潮社

【編纂】

日本の名随筆　別巻73　野球　1997・3　作品社

伊良子清白全集　全2巻　2003・6　岩波書店

【文庫・新書】

白球礼讃——ベースボールよ永遠に　1989・3　岩波新書

猫の客　2009・5　河出文庫

ベースボールの詩学　2011・3　講談社学術文庫

芸術人類学講義＊（「野外をゆく詩学」収録）　2020・3　ちくま新書

＊は対談・共著等を示す。／「著書目録」は著者の校閲を経た。

（作成・三松幸雄）

本書は『葉書でドナルド・エヴァンズに』
（2001年4月、作品社刊）を底本としました。

p.13
Achterdijk. 1966. Pears of Achterdijk.（1972）
p.17
Sung-Ting. 1880, 1884, 1893. Ting-yao. Arms of Sung-Ting.（1976）
p.23
Nadorp. 1965. Mushrooms.（1972）
pp.32-33
Map of the World, from Postcards to Gopshe.（c.1975）
p.59
Rubber Stamp
p.69
Stein. 1972. Fiftieth anniversary of "A Valentine to Sherwood Anderson" by Gertrude Stein. "Let Us Describe" from "A Valentine to Sherwood Anderson" in block of four.（1972）
p.87
Amis and Amants. 1946. Coups de Foudre. Type of 1945.（1974）
p.123
Achterdijk. 1930. Airpost.（1974, 1975）
p.131
Yteke. 1963. Landscapes.（1976）

葉書でドナルド・エヴァンズに
平出 隆
二〇二一年四月九日第一刷発行
発行者――鈴木章一
発行所――株式会社 講談社
東京都文京区音羽2・12・21 〒112-8001
電話 編集(03)5395・3513
販売(03)5395・5817
業務(03)5395・3615
デザイン―菊地信義
印刷―――豊国印刷株式会社
製本―――株式会社国宝社
本文データ制作―講談社デジタル製作

定価はカバーに表示してあります。

講談社
文芸文庫
ISBN978-4-06-522001-6

講談社文芸文庫 

平出 隆
葉書でドナルド・エヴァンズに
解説＝三松幸雄　年譜＝著者
「死後の友人」を自任する日本の詩人は、夭折の切手画家に宛てて二年一ヵ月にわたり葉書を書き続けた。断片化された言葉を辿り試みる、想像の世界への旅。
ひK1
978-4-06-522001-6

古井由吉
詩への小路 ドゥイノの悲歌
解説＝平出 隆　年譜＝著者
リルケ「ドゥイノの悲歌」全訳をはじめドイツ、フランスの詩人からギリシャ悲劇まで、詩をめぐる自在な随想と翻訳。徹底した思索とエッセイズムが結晶した名篇。
ふA11
978-4-06-518501-8